「……ただいま帰りました」
「おかえりー、おじさん。遅かったね？」
空腹を抱えたまま玄関を開けると、
ふわっと石鹸の香りがした。
「お風呂でしたか。すいません、
少し時間を空けて
きましょうか」
甘原《あまはら》光莉《ひかり》
「もう上がっちゃってるし、
気にしなくてもいいよ？
部屋着も着てるし」

強い。いや、強いなんてものじゃない。
文字通りの別次元――ファンタジーRPGの世界に、
プロ野球選手育成ゲームをブッ込んだような、
極めて凶悪な異物感。
佐《さ》藤《とう》蛍《けい》太《た》

冒険者
【忍道ヒカリ】
COMMENT
【セナさま推し】何いまのすっげ――!?
めっちゃいい音したじゃん!?
【ああああ】嘘乙。こんなん映像編集で余裕だから。あんなバットで倒せるわけねーよ
【Galileo】……リアルタイム配信でディープフェイクって不可能じゃね。生だぞコレ
【名無しメロンパン】初配信でいきなりアンチ沸いて草　期待の新人現る
【スイちゃんLOVE】新人っていうかおっさんだけどな！

「……カッコいい……
かも……！」
「正気ですか」
思わず佐藤は突っ込んだ。
冒険者
【スイレン】

ダッシュエックス文庫

地味なおじさん、実は英雄でした。
～自覚がないまま無双してたら、姪のダンジョン配信で晒されてたようです～

三河ごーすと

CONTENTS

プロローグ

佐藤蛍太《さとうけいた》は四十年近くの間、ずっと搾取《さくしゅ》される側の人間だった。

フィクションで描かれるような壮絶ないじめを受けていたわけではない。

暴力を振るわれたわけではないし、耳をふさぎたくなる暴言を浴びせられた経験もない。

けれど過去を振り返れば、あれらは確実に搾取だったのだと言い切れる――それくらいの、ゆるやかな搾取。


少年時代からそうだ。常にニコニコしているからと面倒事を押しつけられ続けてきた。

昼休み、代わりに宿題をやってくれと漢字のノートを一方的に渡して、サッカーをしに教室を飛び出していく同級生男子。

放課後の校内清掃、女の子だから重い物なんて持てなーい、と言って、さも当然のような顔でごみ袋を持たせて自分はサボる同級生女子。

佐藤くんは優しくていい子だね、頼り甲斐があるよ、と薄っぺらい笑顔で授業に使う大きな三角定規《じょうぎ》を運ばせる数学教師。

彼ら彼女らには、蛍太に迷惑をかけた自覚すらなかった。

だって嫌がらなかっただろ？　だっていつも笑って受け入れていただろ？

ほんのすこしぐらい、重い荷物を持たせてもいいだろ？

そうやって、感謝すら忘れて、わかりにくい程度に人に寄りかかってくる。

明確ないじめ加害者は、被害者が明確にいるぶん世間からのバッシングも正しく機能しやすいし、見過ごされる悪の存在はネット社会のおかげでずいぶん減った。

いまの時代、最も救われないのは、蛍太のような〝中途半端な被害者〟だ。

悪意なく、ほんのすこしだけ負担を強《し》いられて。

やらなくてもいい、やる義理もないはずの仕事を何故かさせられて。

善意でやってあげていたら、いつの間にかそれが当たり前のような顔をされて。

けれどその日常的な負担に耐えられずに突然潰《つぶ》れてしまったら、彼らはびっくりした顔でこう言うのだ。


『どうしてもっと早く他人を頼らなかったんだ』

『なんでもかんでも自分で抱《かか》え込まなくてもよかったのに』

『君が倒れたから他の人の仕事が増えちゃったじゃないか。自己管理してくれなきゃ困るよ』

『社会人なら自己責任。自己管理ぐらいできなきゃね』

まるで、仕事を抱え込んで倒れたのが悪いかのように。

もっとわかりやすくいじめてくれる奴らならよかった。

わかりやすい無視であったりとか、わかりやすい暴力であればよかったのに。

それなら、大声でわめきたてて抗議すれば味方してくれる人も現れる。

殴り返せばいくらか溜飲《りゅういん》も下がったし、正義は我にアリと堂々としていられた。

けれどこのゆるやかな搾取は厄介で、加害者は法を犯しているわけではないし、自分以外の誰かに被害状況を理解してもらうのが難しい。

やり返してしまえば、悪者になるのは蛍太のほうだ。

だから彼は――佐藤蛍太という人間は、〝優しい人〟を演じるようになった。

すべての他人のエゴを受け入れて、言いたいことを飲み込んで、笑顔で許した振りをして。

ただ純粋《むく》な厚意だけで頼みごとを引き受け続け、押しつけられる負担を許容し続けた。

その報いが今の状況だ。

佐藤蛍太が、まるで害のない〝優しい人〟のようになってしまってから数十年。

自分自身すらも騙《だま》すほどの笑顔と善意の鎧《よろい》で自分を守り続けた結果が、この有様だ。

（どいつもこいつも好き勝手に生きやがって）

社畜。社会の、便利な歯車。

ストレスを溜めながらも面倒な仕事を引き受けて、特別に感謝されることなどなく、淡々と生きていく毎日。

彼は、思う。俺は、まるで。

色あせた世界をたゆたうだけの、生ける屍《しかばね》だ。

＊

──地下迷宮に炎が煙《けぶ》る。


いずこかとも知れぬ異空間、苔《こけ》むした石の壁に囲まれた密室。

その壁一面を伝う不気味な蔦《つた》に実った果実がほのかに光り、中央に座する巨体を照らす。

〝プラチナランク。人類最高峰、最強の冒険者などと言うておったが──他愛ない〟

流暢《りゅうちょう》な言葉は、厳密には言語ではない。発した者の口元は嘴《くちばし》のように鋭《とが》く尖り、蜥蜴《とかげ》みたいな舌も鋭い牙も、ヒトの言葉を喋《しゃべ》れる形にはなっていないからだ。

言語ならぬ言葉。神話の時代、天へと至る塔を築かんとした人獣神魔の統一言語〝バベルの言葉〟は、地下迷宮に集《つど》う者すべてに等しく恩寵《おんちょう》として与えられる。

〝所詮《しょせん》はヒト。どれだけ武を誇ろうとも、我ら――竜《ドラゴン》の前には無力なり〟

告げたのはまさしく、竜と呼ばれるべき生物であった。

イグアナに似た、かつ遥《はる》かにシャープな造形。屈強な四肢と鉤爪《かぎづめ》は、その生物が古《いにしえ》の恐竜のごとき超大型肉食獣たることを如実《にょじつ》に示している。

翼はない――この密室では無意味だからか。カッと開いた口腔、紫の歯茎と牙の奥では熱い炎が燃え盛り、途方もない輻射熱《ふくしゃねつ》が密室を大釜のごとく焼いていた。

炎を宿す爬虫類《はちゅうるい》型の怪物、即《すなわ》ち竜《ドラゴン》。

神話に語られる怪物に挑んだ挑戦者らは、これ以上なく己《おの》が無謀を思い知る。

「……嘘だろ、ここまで強いのかよ……!?」

竜を前に這いつくばった男は、決して弱者ではない。

すでに骸《むくろ》となった仲間たち同様、冒険者の階梯《かいてい》を示す位階は白金《プラチナ》――最高峰の実力者である。

大金を投じて情報を買い、この階層の守護者が火属性の竜であることを知ると、抜群の耐火性能を誇る防火服を購入、ほぼ完全な火耐性で挑んだ。準備万端、そのはずだったのに。

「見通しが甘かった……舐《な》めてた。考え足らずだった。こんなに、こんなにっ……！」
デ、デ、デカすぎた。
迷宮浅層《せんそう》に出現する子竜と違い、年を経《へ》た成竜がどれほど大きく、強くなるのか知らなかった。

その差は、幼い頃見たアニメの巨大ロボットとちっぽけなヒト、それに等しい。

トン単位の体重差と圧倒的なパワーに蹂躙《じゅうりん》され、息があるのは彼ひとり。他の仲間は自慢の防火服ごと叩き潰《つぶ》され、踏まれた空き缶のようにへしゃげている。

潰れた仲間の血溜まりがふつふつ煮える異臭の中で、男は自分の甘さを悔いていた。

「ああ……あああ……!!　すまない、すまない……！」

〝泣くだけか、つまらぬ。さして食いでもなさそうだが……ん？〟

その時、風が吹いた。

倒れた男をついばみかけていた竜がピクリと反応し、鎌首をもたげる。

風は涼しく、外気の爽《さわ》やかさを密室に吹き込む。源《みなもと》は密室の奥、壁際《かべぎわ》の祭壇。

空間を超えて現れる《門》、ワープゲートの出現視点だった。

〝まだ仲間がいたか――〟

「……………」

ぎょろりと黄色い眼《まなこ》がそちらを睨《にら》む。

出現したその姿――揺らめく陽炎《かげろう》の奥に現れた姿に、冒険者は叫ぶ。

「ば!?　バカ野郎！　戻れ！　何だその格好……死んじまうぞ、おっさん!!」

汗ばんだシャツ。スラックスも含めて量販店で売っている、吊るしの安背広だ。

上着は羽織らず、ネクタイとシャツの襟元《えりもと》は大きく緩《ゆる》めている。まるで冒険者というよりは、飲み会帰りのサラリーマンじみた、あまりにも場違いな姿だった。

（体格だけはいいが……）

サイズがいささか合っていないのだろう。

肘《ひじ》までまくった袖口《そでぐち》も、緩めたシャツの胸元も、筋肉でパンパンに膨《ふく》れている。

性別は明らかに男だ。立ち込める黒煙の隙間《すきま》から覗《のぞ》く手首の太さ、棒状の何かを握る指の武骨さは、とても女性のものではない。ただしその手に下げた金色の武器は、あまりにも場違いな代物《しろもの》。

（どっかから迷い込んだのか!?　一般人!?　嘘だろ……！）

冒険者はただ呆れ、絶句する。

（金属バットだ。ただの、どこにでもある、スポーツ用品）

まともな武器ですらない。

迷宮から発見されるマジックアイテムや、それを素材として強化した現代的な武器でもない。

（いかれてる）

結論はこうだ。見かけ通りに防御力など期待できない吊るしの背広とスポーツ用品で、最強クラスの白金級《プラチナランク》冒険者が命がけで挑む階層守護者に挑戦するなど、自殺行為でしかない。

「やめろ、おっさん！　あんた如《ごと》きが勝てるわけ――」

〝学ばぬ人間どもよ。まとめて灰にしてくれるわ――〟

冒険者と竜、ふたりの意思が同時に途切れた。

くわっと開いた竜の喉《のど》。呼気と共に灼熱《しゃくねつ》の業火《ごうか》が怒濤《どとう》のごとく襲いかかる。

竜の代名詞とも言える技。自《みずか》らの体内に蓄えた精霊力を呼気に乗せて吐き出す《竜の吐息《といき》》、戦車の装甲をも熔かす超高圧熱線放射を前に、男の革靴が石畳を擦《す》る。

（は？）

一秒に満たない刹那《せつな》、冒険者は目撃した事実に唖然となった。

バットを構える。あたかもバッターボックスに入ったばかりの野球選手のごとく。

熱風で吹き払われた黒煙の向こう、崩れかけた七三分けの髪と曇った眼鏡。その顔立ちは、地下迷宮より役所の窓口が似合いそうな、いかにも生真面目《きまじめ》かつ無個性なサラリーマンで。

炎が迫る。打撃フォームの男が迎える。

ヂリッ、と衣服や髪が焦《こ》げる音がした、その時。

……コッキィ――――――――ンッ!!

快音、一打。

「はああああああああああああああああああああああ⁉」

我が目を疑い、冒険者は叫ぶ。

今何が起きたのか、何があったのか理解できない。濁流のごとく炎が迫った瞬間、男はただ、バットを振った。見事な、それこそプロ選手でもお目にかからないような完璧なフォームで。


──打った。


〝……ば……ばか……な…………なにが、あっ…………？〟

ぼたぼたと血が滴《したた》り、砕けてひん曲がった顎《あご》の骨から尖った牙がばらばら落ちる。

何なのか、何が起きたか、まったく理解できない。冒険者は何度も目を擦《こす》る。金属バットが球を打つ、高校野球中継などで何度か聞き覚えのある音が響いた、その瞬間。

竜の嘴がぐしゃりと潰れ、数十トンもあろうかという巨体が弾《はじ》き飛ばされた。弾き飛ばし《ノックバック》、珍しくもない追加効果。だが威力と規模が違いすぎる。

重さ何十トンあるか知れない巨大爬虫類。それが打球のごとくカッ飛ばされ、まるで叩かれた虫けらのように壁に激突して潰され、もはや物言わぬ骸となり果てている。

「先客がいたとは知りませんでした。失礼」

男の言葉が自分に向けたものだと、冒険者はしばし気づかなかった。

まるで現実感がない。冒険者の中でも上澄み中の上澄み、白金級冒険者を全滅させる怪物を、バットひと振りでカッ飛ばす謎の汗だくサラリーマン……！

(待て　待て　待って)

あまりにも意味がわからず、理解もできず、冒険者はただ疑問を口にした。

「……なに……なんなんだよ、あんた……!?」

「はい」

冒険者の誰何《すいか》に、男は軽く傾きかけた眼鏡を直してから。

「勤務明けのサラリーマンですが……何か？」

後《のち》に、現代の神話と謳《うた》われる男。

異世界の侵略から地球を救う英雄は、未《いま》だ世間に見出《みいだ》されることもなく、その自覚もなく。

しょぼくれた表情《カオ》で、そう告げた。

第一章　地味なおじさんの暮らし

①サラリーマンの日常

2025年　東京都内某所　冒険書房営業部
〝佐藤蛍太〟

世の中というものは間抜けなようで、実は異様にしっかりしている。

例えば医療制度。毎月の保険料は異様に高く、大人しく払っている自分が馬鹿に思える。

だがいざ病《やまい》にかかり、医者に診《み》てもらう段になると金持ちも貧乏も似たような順番で呼ばれ、同じ治療を受けられる上、支払いもあっさり安価に済んでひと安心……。

(結局のところ、仕事《コレ》も似たようなものでしょうね)

日々の労働は面倒くさい。辛《つら》いし怠《だる》いしストレスも溜まる、給料も割に合わない。

だがその仕組みに乗っている限りはとりあえず暮らしていけるし、降りたら降りたで別口の面倒ごとや不安がガッツリのしかかり、結局同じようなものなのだろう。

　夜、賃貸ビルの一角、広くも清潔でもない、お洒落でもない職場の外れ。

　今時紙媒体の印刷物、販促グッズにおまけのサンプルといった物好き向けの代物《しろもの》に囲まれた机で、佐藤蛍太《さとうけいた》はそんなくだらないことを考えながら、定時までの数分間をやり過ごしていた。

（腹が減っては戦《いくさ》はできぬ、と言いますが）

　武士がそうならサラリーマンだって似たようなものだ。

　若者なら情熱とかやる気でカバーもできようが、今年四十一歳の男にそんな気力は残っていない。だるっとしたサイズの背広もあって、溶けたソフトクリームのように弛緩《しかん》して見える。

　背は高い。太ってもいない。髪型はキッチリ七三に分け、無精髭もなく清潔だ。

　眼鏡もかけている。小役人、融通《ゆうずう》の利《き》かない真面目《まじめ》男——のように見えるし思われがちだが、レンズ越しの淀《よど》んだ目は率直に「めんどくせえ」と訴えていた。

（隣が、編集部が悪い）

　安中華の臭《にお》いがする。それはもう、ぷんぷんと臭う。

　隣のパーティション、仕切り程度の壁一枚を隔《へだ》てた向こうからだ。焼けたゴマ油とニンニク、近所の出前、餃子定食。定時直前の夕食前には拷問《ごうもん》に近く、食欲を刺激してたまらない。

　ここ、冒険書房は中堅どころの出版社だ。オフィスの規模こそ小さいが自前で週刊誌を発行、ラノベからコミックまで出している。佐藤はその営業、平社員であった。

（どうせ出世も何もないし、もうフライングで上がってしまってもいいのでは）

定時で退社するまでの数分間を、佐藤は自分の半生を省《かえり》みるほど長く感じている。

佐藤は別に無能ではない。不景気も極まる昨今、リストラの対象にもならず四十過ぎまで会社にしがみついていられたのは、ひとえにマアマア仕事ができたからだ。

めちゃくちゃできるという訳ではない。あくまでもマアマア。

書店回りの営業仕事から内勤事務の手伝い作家の接待販促キャンペーンの企画など、中小であるが故《ゆえ》に雑多に舞い込む仕事を、達成度なら毎回『B』で終わらせる。

〝もっと頑張りましょう〟の『D』でも、〝よくできました〟の『A』でもなく『B』だ。

だからだろう、達成度『S』を軽々叩き出す上司が栄転からの転職成功で成り上がろうと、達成度『D』の同僚が心身を病《や》もうとも、のらりくらりと変わらぬままで生きてきた。

仕事に対しての情熱は、特にない。ただのビジネスと割り切っている。ささやかな趣味と日々の食事、たまの飲酒を楽しみとする、ごくごく平凡なサラリーマンだ。

（昔は、編集部への異動を希望してたこともありましたが）

新卒で入社した当時はファンタジー系の小説やマンガが大人気、売れに売れていた。

入社したばかりの頃は給料も高く、いい会社に就職できたとホッとしたものだが――。

（我ながら見通しが甘すぎて、ぶん殴りたくなる）

キツかった。ブームに乗って儲《もう》けるための激務、激務、激務の嵐。

今この会社が続いているのも、当時の上司が激務の果て、社畜と化した部下を生贄《いけにえ》に捧げ、多くの犠牲を払った末に築いたブランドイメージによるところが大きい。

遥《はる》かに落ち着いた今からは考えられないドブラック勤務の果てに、仕事に対する甘えや夢は綺麗さっぱり消し飛んでいる。今となっては、もはや完全な黒歴史だった。

カチリ、時計の針が進む。定時退社まであと、一分。

(晩飯は餃子《ギョウザ》にしよう。餃子二個にライス、ハーフサイズの麻婆《マーボー》かレバニラ――)

もはや仕事はどうでもよく、夕食のメニューで頭をいっぱいにしていた、その時だ。

「――はあ!?　イベントの予定が急遽《きゅうきょ》キャンセル!?」

少し離れた上司の席で、聞き捨てならない声がした。

(勘弁してくれ)

せめてあと一分遅ければ帰れてたのに。

最悪のタイミング――聞いてしまったからには席を立つわけにもいかず、ちらりと視線を送る。

上司。佐藤よりやや若い、詳しい年齢は知らないが三十代後半。何年か前に同業他社から転職してきて、あっさり営業部長に出世した女上司、確か独身だったと記憶している。

「《べりぐっど》のイベント抽選券をつける前提で予算組んでるんですよ!?」

もっとも、独身だろうが何だろうが正直どうでもいい。詳しく知る気もない。

上司といえど異性のプライベートに興味を示すなど、今時セクハラ予備軍だ。不必要なリスクを抱《かか》えるくらいなら、綺麗さっぱり無関係だと割り切った方が気楽になれる。

「書店への根回しもやってきたのに、いまさらキャンセルなんてありえな……あっ⁉」

（……やっぱ無理かあ）

現実逃避じみたことを考えている間にも続いていた上司の会話は、相手に電話を切られたことで唐突に終わった。

時間はやはり止まらない。トラブルの予感しかしない。想像するだに面倒だが、逃げても何も変わらない。つまるところ、この場で受け止めた方がまだ被害が少なく済むだろう。

「クソが‼」

ばーん、と強めに受話器を叩きつける上司を横目に、佐藤は情報を整理する。

（《べりぐっど》……若者に人気のイケメン迷宮配信者《ダンジョンライバー》グループ）

ちょうど十八年前、佐藤が入社した直後に発生した世界的大災害。

いわゆる〝ダンジョン〟出現後にできた職業だ。ダンジョン内での冒険を動画にして配信、視聴者を楽しませて有名になる――佐藤には良さみがさっぱりわからない、が。

（仕事として否応《いやおう》なく関わらなければならないのが、面倒くさい）

若者文化が理解できなくなったあたり、佐藤もすっかり〝おっさん〟なのだろう。

（《べりぐっど》のリーダーは何度かSNSを炎上《ジブン》させてたな。またやらかしたのか）

佐藤はSNSをやらない。全世界におっさんの日記を垂れ流してどうするのかと本気で思う。

炎上だの晒《さら》しだの言われても理解はしがたいが、そういうものと割り切ってもいた。

時は西暦二〇二五年。世はまさに《大冒険時代》――。

十八年前に発生した迷宮災害、全世界同時ダンジョン発生の衝撃が薄れた後に残ったものは、革命とも言うべき圧倒的なブレイクスルーだった。

（魔法の復活。人々のレベルアップ、超人化現象）

ダンジョンと呼ばれる異空間から無限に湧き出す怪物。

地球の生物にどこか似通ったもの、あるいは似ても似つかぬもの、ヒトとしか思えないもの。さまざまな姿をした謎の侵略者と戦い、勝つことで人は新たな力を手に入れた。

コミックのスーパーヒーローじみた超身体能力。物理法則を無視したかのような超常現象を自在に引き起こすサイキック――《魔法》や《スキル》といった特殊能力。

ダンジョンでモンスターを倒すことにより得られる資源、技術、マジックアイテム。莫大《ばくだい》な恩恵をチラつかされた人々は熱狂的にダンジョンに挑んでゆく。

（世界中、たいていの国は超人化……《冒険者》化を規制したがったそうだが）

当然と言えば当然だ。現代社会のシステムは一般的なヒトの常識に基《もと》づいている。

超人化し、警察も手に負えないようなパワーを得た人々が増えたなら？　抑止力となる法、その根拠となる治安維持、軍事力の独占が崩れ、国家の根幹が揺らぐことになる。

故《ゆえ》に多くの国では軍人や警官、あるいは資格を持つ《冒険者》のみがダンジョンへの挑戦権を得るものとされており、それはここ日本でも例外ではない。

（とはいえ、儲かるらしいからなあ……）

命の危険はある。言ってしまえばダンジョン探索は古代の猟師や鉱夫に近い。

かつて人々は命を懸《か》けて野獣を狩り、落盤や有毒ガス、出水の危険に晒されながらも身ひとつで資源を採掘し、その代償として多額の報酬を得たという。

現代社会の超人たち……《冒険者》は鉱山ならぬ迷宮に挑み、モンスターを倒すことで己《おのれ》の実力を高めつつ、もたらされる資源を持ち帰る、現代の狩人《かりゆうど》にして英雄だ。

不景気などどこ吹く風の莫大な報酬。痺《しび》れるようなスリル、超人的なパワー。

若い世代が《冒険者》に夢中になるのは当然で、今や生まれた時からダンジョンが存在する世代、ダンジョンネイティブは、娯楽として冒険を消費するまでになっていた。

（そういうわけで、ＳＮＳも動画サイトもメインコンテンツは冒険配信。それを提供する迷宮配信者は、一昔前の芸能人、スポーツ選手のようなスターとして若者たちの憧《あこが》れの的《まと》となっている。……らしい）

佐藤が勤める《冒険書房》の出版物も、彼らスターの訴求力に便乗したものばかりだ。

昔扱っていたラノベやコミックの売れ行きは激減。生き残るために人気迷宮配信者に接近し、著書だの写真集だのゴシップ記事だのグッズだの――まあそういうものを売っているが。

（良さみは一ミリもわからん。何だこれは）

イケメンがポーズを決めたアクリルスタンドだの、ぬいぐるみ……『ぬい』だの。

若者たちのいわゆる推し活という現象を、知識として理解できても納得が伴わず。

（会社に貢献できている自信はない。が……まあ何とかやれてるから、いいだろう）

そんな風に思いながら、ＰＣをスリープさせる。

時計の針は定時を過ぎ、やるべき仕事も今はない。

聞こえてしまったトラブルも、担当は佐藤ではなく同じ部署の同僚だし——。

「では、お疲れさまでした」

「ちょっと佐藤。アンタ帰る気？」

「ええまあ。受け持ちの仕事は終わってますし、定時ですので」

それが何か？　と言わんばかりの顔を佐藤が見せると、上司は不機嫌そうに眉をしかめた。

「聞いてたでしょ。《べりぐっど》のリーダー・ポテトがまた炎上してさ」

「はあ」

嫌な予感がするな、と佐藤は思った。

ただの愚痴なら数分付き合えば終わるだろう、が。

「あのクソガキのおかげで、こっちは関係各所に謝罪めぐりよ。予定がパアだわ」

「担当は鵜飼《うかい》でしたっけ？」

「ええ。でも人手が足りないわ、アンタも手伝いなさい」

——そら来た。

予想通りの展開に、佐藤は内心肩を落とす。

冒険書房営業部は少数精鋭、というか会社の規模にふさわしく、現在三人しかいない。

(有名配信者の関連記事で注目度アップ！　みたいな感じで広告取ったしな……)

佐藤も何件か営業をかけた記憶があった。

広告主にしてみれば金を払ったのに期待した効果が得られないわけで、怒って当然だろう。

「い、いえ、それはさすがに！」

そんな風に考えていた佐藤の隣から、慌《あわ》てたような声が割り込んだ。

「私の担当分ですし、先輩まで巻き込むわけには……！」

椅子を蹴立てて立ち上がる女子社員。きっちりしたスーツ姿は清楚《せいそ》、実直、そんな言葉がよく似合う。痩《や》せた身体にアンバランスなほど豊かな胸が目の毒だ。

(おっといかん、セクハラになる。訴えられてたまるか)

センシティブな部分に向きかけた視線を逸《そ》らすと、彼女——鵜飼円花《うかいまどか》のデスクが見えた。

飲みかけのエナジードリンク。

ひとくち食べたきりのコンビニおにぎり、恐らくこれが夕食だろう。

(飯を食う暇《ひま》もない……というより、食欲がないって感じだな)

鵜飼は新卒二年目、佐藤にとっては後輩にあたる正社員。

経験こそ浅いものの、同じダンジョンネイティブ世代の方が話が合う、という理由で迷宮配信者関係の担当を任されており、万年ヒラの佐藤よりよほど上司に期待されている。

急な炎上による広告キャンセル。悪いのは炎上した配信者で、鵜飼に責任はない。

だが髪を乱し、涙目で、食事も喉を通らないほど思いつめた姿に、胸が痛んだ。

(こういう、逃げない奴が)

佐藤の知る限り、修羅場が極まると真っ先に――。

(心を病んで、辞《や》めていく。……そういうのを、何人も見てきた)

かつて味わったブラック勤務の犠牲者の数々を思えば、このまま帰れるはずもなく。

「わかりました。フォローに入ります」

「せ、せんぱぁい……！　すいません、すいません！」

「気にしないでください。二人でやれば、負担も分散できますし」

帰り支度を取りやめた佐藤に、鵜飼は何度も頭を下げた、が。

「そうそう、それでいいのよ」

素直な後輩に比べて、擦《す》れた上司は可愛げがない。

一応年上の佐藤に遠慮することもなく、どこか皮肉っぽく続ける。

「普段言われた仕事しかしないロートルだもの。頭下げるくらいはやらせなさい」

「部長、パワハラでは？」

「せめて有名配信者の顔と名前くらい覚えてから言いなさい。怠慢《たいまん》よ」

「はあ。若者って、だいたい誰でも同じに見えるもので」

「これだから……。もう少ししっかりしなさい、先輩でしょ？」

　上司の皮肉っぽい口振りにも、佐藤はまるで動じない。

（詳しくないのは、事実だしな）

　認めてしまえば腹も立たない。落ち着き払って席に戻った佐藤に、逆に鵜飼が恐縮していた。

「そ、そんな言い方しなくても……」

「別に構いませんよ」

　無理矢理フォローしようとした鵜飼を素《そ》っ気《け》なく止めて、佐藤は続けた。

「事実、私より鵜飼さんの方が会社の売り上げに貢献していますから」

　人に言われると腹が立つが、自分で下げる分にはさほどでもない。

「たかが土下座でお役に立てるなら安いものですよ」

「？」

　佐藤はにこりと微笑みながら、数を数えるように右手の人差し指を一本立てた。

　じっと佐藤を申し訳なさそうに見ていた鵜飼が、そのさりげない仕草に目敏《めざと》く気づいて不思議そうな顔をしたが、そんな場合ではないと思ったか、すぐ深々と頭を下げる。

「ありがとうございます！　あのっ、土下座はわたしがしますから、大丈夫ですから！」

「冗談ですよ。今時、相手に土下座させるほどヤバい取引先はそういません」

昭和の頃ならともかく、令和の時代だ。

取引相手の尊厳を踏みにじるような真似をして追いつめた末、晒されて大炎上……などというシナリオはどこにでも転がっている。今時のビジネスマンはそんなリスクを犯さない。

「頭を上げてください。仕事です」

直接触れずに手で示し、鵜飼の頭を上げさせてから。

「始めましょう。関係しそうな広告先と、取引相手のリストはありますか？」

「はい、ええと、今出しますね！」

わたわたと慌ててデスクを引っ掻き回す鵜飼。それに続き、佐藤は対策を考えはじめる。

この後、ふたりの会話に先ほど佐藤が立てた人差し指の話題がのぼることはなく。


（……1）


佐藤は、数え《カウント》。

物語を動かす何かが、静かに男の裡《うち》へと溜まってゆく。

② おじさんと姪っ子

東京都内某所　冒険書房最寄り駅近く
〝佐藤蛍太〟

「意外と早く終わった、と喜ぶべきか」

冒険書房オフィスが入っている老朽化した雑居ビルを出て、駅への道を静かに辿《たど》りながら。

佐藤《さとう》蛍太《けいた》は営業のお供、そこそこ高い腕時計を見て現在時刻を確かめる。

「九時半まで残業させられたことを呪うべきか……悩むところだ」

正式の担当である鵜飼《うかい》は未《いま》だ帰れていない。今夜はオフィスに泊まり込むと言っていたが、半分受け持ったとはいえ、もともと担当外だった佐藤は居残っていてもできることは少なく。

空腹は限界を超えて、もう凪《なぎ》に入った。

腹は減っているが食欲はないというか、拗《す》ねたような空腹感がある。

定時間近にあった餃子《ギョウザ》の気分は、関係各位への謝罪に追われているうちに消え失せた。

腹は減っているけど、何が食べたいのかいまいちよくわからない、微妙な空腹感と食欲。

（気分に合わせた雑な飯で済ませるか、あるいは——思い切って豪勢にいくか）

都内である。夜なお明るく、周囲には店舗も数多い。飲食店ひしめく最寄《もよ》り駅近くまでゆっくりと歩を進めながら、何を食べたものかと考えていると、ふと目が眩《まぶ》しさを感じる。


『——水のほとりの花一輪《いちりん》っ♪

全日本冒険者協会《ZBK》公式迷宮配信者《ダンジョンライバー》、スイレンですっ！』


近場のビルに備えつけられた大型モニターに、少女のキメ顔がでかでかと映っていた。

強いバックライトに照らされながら見上げると、少女はそのままクルリと振り返り、広大な世界へ飛び込んでいく。赤黒く染まった不気味な空、現代的なビルの瓦礫《がれき》や機械——。

（新宿歌舞伎町《しんじゅくかぶきちょう》ダンジョン、浅層《せんそう》か）

迷宮災害から十八年、冒険者たちが見出《みいだ》した経験則から導き出された迷宮法則《ダンジョンルール》。

迷宮の大きさ、難易度を示す法則《深度《レベル》》。

覚醒したばかりのヒト、冒険者の実力を1とし、それを目安に導かれたものだ。

地方の小ダンジョンなら10～50Ｌｖ《レベル》あるかないかだが、東京のド真ん中を占拠した新宿歌舞伎町ダンジョンともなれば、その規模は世界最大級、２００Ｌｖまでを擁《よう》する。

その序盤、およそ10～50Ｌｖを浅層と呼び、ダンジョンに飲まれた旧新宿の市街地が主となる。地表にありながらも空間の歪《ゆが》んだ場所であり、ここを超えられるかがプロ冒険者とアマチュアの差らしい。

（さすが大手、プロモ一本撮るのも金がかかってる）

中小出版社の予算《バ》では到底不可能な、迷宮ロケ。

配信と違い、映える画面はプロのカメラマンを迷宮に送り込んで撮ったものだろう。

（スマホや配信ドローンならタダみたいなものですが。人件費めちゃくちゃかかりますね）

浅層とはいえ迷宮だ。命の危険は当然あり、カメラマンだのスタッフだのをぞろぞろ連れてのロケなど決死隊じみた覚悟がいる。予算も巨額で、それができる事務所といえば――、

『配信なんて無理！　ダンジョン攻略は危険、そう思ってない？』

スタイリッシュにモンスターを撃退するスイレンの姿に、本人の声が重なる。

『ＤＯＯＭプロダクションは初期装備の提供、頼れる仲間との出会いなどあなたのデビューを完全サポート！　最高の冒険をプロデュースします！』

可愛らしいポーズ。派手なロゴが被《かぶ》さり。

『莫大《ばくだい》な財宝。一攫千金《いっかくせんきん》の興奮。熱くなれる本物のバトル！　世界にあなたを知らせよう！

ＤＯＯＭプロダクション、第三期配信者募集！』

有名配信者らしきイケメンと美少女が集まってポーズを決めるプロモーション映像を見て、

（ファンタジーというよりもややＳＦ寄りの格好ですね、あいかわらず）

佐藤はただ、そんな風に思っていた。

（DOOMプロのスイレンといえば、確か今の一番人気なんでしたっけ）

それくらいは知っている。ちょっと詳しい一般人ならもっとよく知っているだろう。

冒険者のスタイルはさまざまだ。

ダンジョンで発見されるアイテムをそのまま装備したがる人間は、古典ファンタジーに出てくるようなゴツい戦士や魔法使いの見た目をしているが、いわゆる趣味勢《ゼイ》で主流ではない。

トップ配信者スイレンのように——現代の技術力を結集した装備を魔法で強化したものが主流。SFっぽさを感じさせつつファンタジーらしさも香るのが売りらしく、若者にウケている。

単純な防御力には劣るが、主流派のファッションが与える視覚効果は圧倒的だ。

ただでさえ美しい冒険者を、アニメやコミックから抜け出したようなファッション性の高い装備が彩るさまは、やや露出が多めなのもあって大勢の人々を魅了する、が——。

「もう、ヨシ牛《ぎゅう》でいい気もしてきましたね。早いですし」

既《すで》に佐藤の興味は晩飯に移り、牛丼チェーン店の看板を眺めている。

ヨシ！　とポーズをキメる牛の看板。学生時代から何度となくお世話になっているだけに、味は簡単に想像できる。よく言えば定番、悪く言うならとっくに飽きた味。

店先に置かれた限定メニューの広告を見定めていると、不意に爆竹のような音がした。

バンッ！　という破裂音。治安の悪い国なら銃声か爆弾テロと判断してパニックが起きるが、一応平和な日本の東京では行き交う人々は呑気《のんき》に周囲を見渡し、音源にスマホを向けている。

「ファイヤ〜〜〜〜ッ!!」

「すっげー、マジ火!!　マジ燃えてる!!　パネ〜〜〜ッ!!」

やけに痩《や》せた、汚い身なりの少年たちが空中に炎を放っていた。

年齢は十代前半だろう。中学生、あるいは小学生でもおかしくない年頃だ。家に帰らず街中で遊び暮らしている若者世代——同年代の少女をひとりずつ侍《はべ》らせ、けらけら笑っている。

「マジかっこ良《よ》。けど街中《まちなか》で魔法使ったら捕まんじゃね？」

「いーんだよ。配信だと過激な方がバズるし」

「お行儀よく生きてもショボいサラリーマンになんのがオチだしなー！」

何が面白いのか、空中に出現させた火の玉を弄《もてあそ》びながら少年たちは笑い続ける。

（いわゆる新宿キッズ、ですか。最近、よく見ますね）

迷宮が誕生してから十八年、新宿歌舞伎町ダンジョンはもちろん、世のあらゆるダンジョンの浅層は完全に攻略されている。今やＷｉｋｉを見てテンプレに従えば、戦う覚悟のある者ならば誰でもそれなりに稼げる。

冒険者の数を増やすため、資格審査もかなり緩《ゆる》い。そのため家庭に問題のある若者が保護者の同意をごまかして冒険者になり、ダンジョンで日銭を稼いで路上生活する例は多くあった。

そんな少年たちの荒《すさ》んだ目が周囲を眺め、ある方向にピタリと止まった。

「ほら、そこでボーッとしてるおっさんいるじゃん。ヨシ牛見てるおっさん」

「いんね。お金持ってなさそう」

「あんなオッサンにゃなりたくねえよなー。夢とかなさそうじゃん？　生きてますかー？」

ニヤニヤしながら向けられたスマホのレンズと、佐藤の無感動な視線が重なった。

ヨシ牛見てるおっさんは、この場にひとりしかおらず。

（……ああ、私のことですか）

思い当たると、佐藤はふいっと自然な仕草で少年たちに背を向けた。

そのままゆっくり距離を取る。逃げたように見えたのか、囃《はや》し立てる声が追ってきた。

「逃げちゃった。きんもー☆」

「負け犬ってやつ？　ま、オレたちみたいな若いのと違って未来ねーもん」

「だな。ガッツリ稼いで遊ぼうぜー！　とりあえずオール行っとく？」

「店だと高いし、コンビニで飲み物買ってそのへんで――」

話し声が遠ざかる。佐藤は結局飯を食いそびれ、空《から》っぽの腹が疼《うず》くのを感じた。

（ああ、腹が減った）

ヤケになって突っかかったところで意味もなく、揉《も》めるほどの価値もない。

実際、円安不景気物価高の現代社会を生きる若者たちからすれば、サラリーマンより冒険者の方が稼げるし、魅力的なのだろう。そしてストレスに晒《さら》され、発散するため散財する。

（彼らの人生は彼らの人生。俺の人生は俺の人生）

説教を垂れたところで、聞く耳を持ってもらえるはずも、その気力もなく。

昔はこんなじゃなかった、と言ったところで老害の愚痴にしかならなくて。


（とうとう……食えずじまいで終わったな。家に何かあるかなあ）


腹具合はどん底だが、ファストフードに立ち寄る気力もなく。

拗ねた食欲をますます拗《こじ》らせ、最寄り駅の改札をそのまま通って帰宅しながら。

佐藤は自然と『2』を数えるようにまた一本、指を立てていた。

＊

東京都の北、外れあたりに佐藤家はある。

通勤時間は電車で十五分。そこそこの広さの一軒家は亡くなった両親の遺産で、家賃こそかからないものの毎年の固定資産税と老朽化に備えた積み立てがそれなりの重さでのしかかる。

近場に小さな商店街や飲み屋もあるため、男の一人暮らしには便利な土地だが、夜も十時を過ぎるとほぼ閉まっており、かといって唯一開いているコンビニに寄るのも虚《むな》しく。

「……ただいま帰りました」

「おかえりー、おじさん。遅かったね？」

空腹を抱《かか》えたまま玄関を開けると、ふわっと石鹸《せっけん》の香りがした。

「お風呂でしたか。すいません、少し時間を空《あ》けてきましょうか」

「もう上がっちゃってるし、気にしなくてもいいよ？　部屋着も着てるし」

「そうですか。では、お言葉に甘えて」

革靴を脱ぎ、ネクタイを緩めながらリビングに上がる。

ほのかな湯気を纏《まと》った少女が、部屋着のTシャツとホットパンツというラフな格好のまま、ソファに寝転んで足をパタパタさせながら、大きなスマホを弄《いじ》っていた。

「スマホじゃなくてタブレットだよ、おじさん」

「似たようなものかと。……私が何を考えているのか、よくわかりましたね、光莉《ひかり》さん」

「だっておじさん、わかりやすいんだもん」

そんなものですか、と思いながら、佐藤は寝転んだまま振り返った少女を眺める。

男なら眩《まぶ》しく感じる健康的な美貌。若い雌鹿《めじか》のような太腿《ふともも》に、やや汗ばんだシャツで包んだスレンダーな肢体は、そのまま写真に撮ってもさぞ映《は》えるグラビアになるだろう。

家族という視点を差し引いても美しい、少女。

佐藤とは当然いかがわしい関係などではなく、風呂上がりの肌もシャンプーの香りもただの日常。完全に家族として割り切った目で、佐藤はぱたぱた暴れる素足を眺めていた。

「やめませんか、はしたないですよ」

「いいじゃん、ここにはおじさんしかいないもん。えっちな目で見たりしないでしょ？」

「しませんが、行儀の悪さはふとした時に出るものですから」

甘原光莉《あまはらひかり》、十六歳。佐藤と最近同居を始めた家族――。

（姉さんの娘、つまり姪《めい》。保護者面《づら》ができるほど近くもなく）

かといって、ただの血縁者と割り切るには近すぎて、見守る以外のリアクションが思いつかない。

「おじさん、お腹減ってない？　晩ご飯あるよ、チーズカレー」

「ありがとう。……残業でお腹《なか》が空《す》いていましたので、とても楽しみです」

「堅苦しいっていうか、敬語使わなくてもいいよ？　年下だし」

「今時そういう区分で人と接していると、仕事で若い世代の人と話す時などに出ますからね。仕事柄《がら》、若者世代と話すこともよくありますし」

いわゆる舐《な》めた態度というやつを、人は敏感に感じ取る。昔のように年上は年下に威張っていいということもなく、普段からトラブルを招かない態度を貫《つらぬ》く癖《くせ》がついていた。

「水臭いな～、おじさんは。猫ちゃんタイプだよね、懐《なつ》かない感じの」

「おっさんを猫に譬《たと》えるのは的外《まとはず》れすぎるでしょう。可愛くないですよ」

「そう？　意外と可愛い気もするけど。カレーあっためちゃうから、待っててね～」

「はい。助かります」

スーツの上着を脱いで適当な場所にかけ、洗面所で手洗い、うがい。

帰宅直後のルーティーンをこなしていると、リビングでぱたぱたと軽い足音がした。

ソファから立った光莉が台所に行き、カレーをよそって電子レンジにかける気配。ブン、という微《かす》かな機械音を耳にしながら、そんな姪の仕草にささくれた心が和《やわ》らぐ気がする。

（やはり、いい子ですね。多少煽《あお》り癖《へき》はありますが）

光莉とその母親、佐藤の姉が実家に戻ってきたのはつい最近だ。

詳しい事情は聞いていない。姉とはいえ繊細なプライベートを聞き出す趣味はなかったし、傷つけたくもなかったからだ。

（どうせ、一人で暮らすには広すぎる家だ）

別に大きくもないが、ひとりで使うには持てあます。姉と姪が同居し、家事全般をやってくれるのは助かるし、プライバシーの問題もさして感じたことがない。

結婚願望もない、つきあっている女性もいない。が、それはそれとして。

（――年頃の姪っ子と同居というのは）

洗面所を出ると、部屋着の上にエプロンをつけた光莉がいた。鍋に落ちないようにゴムで髪をくろうとしているが、両手を大きく上げているせいでつるりとした腋《わき》がはっきり見える。

その手のフェチというわけでもなく、子供に興味もないものの。

（少々、困る）

目の毒だな、と思うことはある。間違いが起きる余地はないにせよ世間体《せけんてい》もあるし、何なら実家を姉家族に明け渡してアパートでも借りようか、と思うのだが。

「はい、おじさん。今日のカレー、おいしいよ？」

「ありがとうございます。光莉さんが料理上手で助かりますね」

「へへ～、そう？」

遅くに帰っても、温かい食事を用意してもらえたり。

家のことを分担してやれるだけでも居心地がよくて、困ったものなのだ。

「うん、おいしい」

食卓について、チーズがとろけたルーとご飯をひとくち味わい、素直に感想を言う。

適度な辛味《からみ》とタマネギのコク。さすがにスパイスから作るような本格派ではなく、市販のルーをうまく生かした、家庭の味らしい美味《おい》しさの手料理に舌鼓《したづつみ》を打った。

具材の切り方ひとつとっても、中年男の自炊とは違うものだ。スプーンですくったルーの中、星型に切られたにんじんの可愛らしさにささくれた心が和《なご》み、ほっこりとする。

「どーいたしまして。おじさん、ホントにおいしそうに食べてくれるから作り甲斐あるよー」

「食事は、枯れた人生における数少ない娯楽のひとつなので……。ふふふ」

「……そ、そう。おじさん、重くない？　大丈夫？」

仄暗《ほのぐら》い笑顔にちょっと引かれた気もするが、佐藤にとっては本音だった。

食べるのが好きである。だが飲食店をはしごしたり、飲み歩いたり、高級料理店で散財するタイプでもない。コンビニグルメでも手料理でもかまわない、ただ。

「食べたいものを、食べたい時に食べるのが好きなんですよ」

逆に、それができない時に強いストレスを感じる。

餃子、ヨシ牛と続けて断念させられた今だから、この可愛らしい家庭のカレーがしみじみと美味《うま》い。

「料理が上達しましたね、光莉さん」

「へへ～。そりゃもうおじさんへのＬＯＶＥ、込めてるからね？」

ハートのハンドサインを決め、笑顔でウィンク。ぎこちなさのないアイドルのような仕草に、ときめきではなく微笑ましさを感じる。大きく立派に育ってくれた喜び、そして。

「特にこのにんじんがいいですね。可愛らしい」

「感動するとこ、そこ!?」

ピントのズレた褒《ほ》め言葉に、当てが外れた顔で突っ込む光莉。

佐藤は柔らかく煮込まれたにんじんを咀嚼《そしゃく》し、どことなく満足げに頷《うなず》いた。

「子供っぽいかな～って思ったんだけど。おじさん、そういうのスキなタイプ？」

「様式美と言いますか、決まりが守られていると気持ちいいですね」

なのでカレーのニンジンは星型、ウィンナーはタコさん型に焼くべきだと、佐藤は思う。

はっきり言って味に違いはない。だがそうした細かい点に気を配れること、気遣《きづか》いができる。

それが生活の余裕であり、心を癒《い》やすゆとりというものだと感じるからだ。

「意外と変だよね、おじさん」

呆れ顔で言うと、光莉はエプロンを外して佐藤の対面《トイメン》に座る。

とっくに夕食は済ませたのだろう。光莉の前に皿はなく、水のグラスがあるきりだ。

何か話でもあるのかと思ったが、特に切り出す様子もなく今度はスマホを弄りだす。

「おじさん、《べりぐっど》って知ってる？　今人気の迷宮配信者グループ」

「……ええ、まあ」

曖昧《あいまい》に濁し、佐藤はカレーをひと匙掬《さじすく》って口に運んだ。

「よく、知っていますね」

がっつり残業させられたのは、連中の後始末をつけるためだ。

職場のストレスを家庭に持ち込むわけにもいかず、愚痴りたくもないので黙っていると。

「あたしはそうでもないけど、友達が好きなんだよね〜。イケメン好きらしくって」

「そうですか」

「めっちゃ嫌そう。なんか今、ライブ配信で謝罪会見？　みたいなことやってるよ」

「……は⁉」

聞いてない。一切まったく、聞いてない。

カレーを噴き出しそうになるのを無理矢理こらえ、光莉のスマホを覗き込む。

小さな画面に現れるイケメン四人組。七三分け以外の髪型を知らない佐藤にとって正式な名称もわからぬシャレた頭の若者たちが、どっかりとソファに体重を預けて座っている。

「……反省はまるで見えませんね」

「だから謝罪会見？　みたいなことだってば」

わざわざ疑問符をつけたくなる程度には、四人組——特に真ん中に座るリーダーらしき男は、ふてくされた不機嫌な顔を露《あら》わにし、険《けわ》しい目でカメラを睨《にら》みつけている。

「だぁからぁー！　今回の炎上、オレ納得してないんで」

「自己責任だよな。ちょっとリスク冒《おか》して挑戦したら潰《つぶ》される」

「そそそ！　そういう日本、マジありえないんで。つーかさぁ」

若者たちのしたり顔を眺めているうちに、佐藤の目からどんどん光が失《う》せていく。

スプーンを口に運ぶ手も機械的になり、砂を嚙むような面相をしていた。

「ねえ、おじさん。この人たち何したの？」

「ダンジョン内での《養殖》です。いわゆる禁止行為のひとつですが」

佐藤も詳しくは知らず、鵜飼に説明してもらったばかりだ。

罠《わな》や仕掛けを利用し、モンスターをおびき寄せて大量に倒す――数が増えるので《養殖》。やり方は複数あるらしいが、増えすぎて手に負えなくなる可能性も高い。

異例の速さでレベルアップし、デビューして一年足らずで上位配信者の仲間入りをした裏側で倫理観を無視した行為があったとなれば世間からの批判は避けられない。

「配信していない時にこっそりやっているのを目撃されて、注意されたら開き直る。その末に大炎上しても反省の色なし、ということで厳重注意されたはずですが」

「火に油をそそぎまくってるよね」

「彼らを支持する女性ファン等は擁護《ようご》していますね。モンスターは全部倒しているのだからまだ誰にも迷惑をかけていない、強くなるための正当な戦略だ、努力の一環だ、と」

「……どうかなあ。それ、運が良かっただけでしょ？　危ないのは確かじゃん」

「ええ。ですので、反省して再発防止に努《つと》めてくれれば良かったんです、が――……」

佐藤の言葉も虚しく、《べりぐっど》のリーダー、ポテトは挑発的に舌を出した。

「誰にも迷惑かけてないのに炎上とか、意味わかんねー！　反省してまーす、チッ!!」

「うっわあ……イキッてるなあ」

光莉は呆れたようにスマホをタップし、配信を停止した。

「コイツらのどこがいいのか、全然わかんない。ねえ、おじさ……ん？」

「………」

佐藤は答えず、凪のように静かだった。

だがよく見れば額《ひたい》にはビキリと青筋が浮かび、何やら得体《えたい》の知れない迫力というか、凄味《すごみ》のようなものを発散しており、間近にいる光莉はプレッシャーを感じて息を呑んだ。

「お、おじさん……!? どうしたの、なんか怖いよ?」

「いえ。……別に、何でもありません」

絶対何かあったでしょ、と言いたげながら、光莉は黙る。

空気を読んでくれた姪に内心感謝を捧げつつも、佐藤は右手で三本目の指を立てた。

「……3……!」

これは自分なりのルーティーン、決まりごとのようなものだ。

ストレス重なる現代社会で生きるコツ。ただ毎日を過ごしているだけでも降りかかってくる理不尽や、どうしようもない苛立《いらだ》ちを抑えつけるのではなく、ギリギリまで溜めて解放する儀式。

ゴゴゴゴゴゴゴゴ、とドス黒いオーラと共に、地鳴りのような何かが響く。それはきっと、佐藤が勝手に妄想しているだけで実際はありえないもののはずだ。

サラリーマンは謎のオーラを放たない。地鳴りのような音も立てない。

姪っ子がドン引きしているというか、怯《おび》えているのはたぶん気のせいだろう。

「いやおじさん何か出てるからね!?　何そのモヤモヤ、健康に害ありそう！」

「ありません。そもそもサラリーマンはモヤモヤとか出しませんので」

「いや出てる、出てるって！　サンマでも焼いたみたい！　怖っ！」

「気のせいでしょう。ですがそういうことでしたら、少し出かけてきます」

手近にあった新聞紙をパタパタさせてこちらを扇《あお》ぐ光莉を前に、佐藤は食器を片付けた。

黒いオーラを纏ったまま流しに皿を置いて軽く流すと、手を拭《ふ》いてから振り向く。

「無性《むしょう》にこう、身体を動かしたい気分になりまして」

「う……うん。そうなんだ？　もう十時半過ぎちゃってるよ、大丈夫？」

「電車はまだ動いてますし、問題ありません。帰りはタクシーでも拾いますよ」

持ち歩いている書類鞄も置いたまま、財布ひとつの手ぶらで玄関に戻り、靴を履《は》く。

自分でも唐突だな、と佐藤は思う。だがこれは十八年間、面倒くさすぎる労働から自分の心を守り続けたルーティーン、絶対の決まりだ。破ることはできない。

「でもおじさん、どこ行くの？」

「腹ごなしの運動です。お気になさらず」

「深夜に……スーツで……運動。それかなり怪《あや》しいよ、おじさん。犯罪じゃないよね？」

「安心してください。小学校の頃から素行の良さには定評があります。前科もないですし、警察に指紋を採《と》られたこともない。模範的な市民と言うべきではないでしょうか」

佐藤の自己評価は低い。何をしてもソコソコの男、取り柄《え》などない人間だと思っている。

だが数少ない長所として、真面目《まじめ》さと遵法《じゅんぽう》精神には自信があった。横断歩道は必ず渡るし、信号無視すらしたことがない。歩きスマホもしない、犯罪などもっての外《ほか》だ。

真面目だけが取り柄の男が、社会の理不尽に晒された時——、

「それでは、行ってきます」

向かわずにはいられない場所が、あるのだ。

③姪っ子とおじさん

東京都内某所　佐藤家玄関
〝甘原光莉〟

佐藤蛍太《さとうけいた》が去った後の玄関先。

彼が外出の支度をするわずかな隙《すき》に乗じて、財布とスマホだけを手に取って。

甘原光莉《あまはらひかり》は部屋着の裾《すそ》を軽く摑み、躊躇《ちゅうちょ》なく一気に脱いだ。

「あ・や・し・い。……とうっ!!」

肌が露《あら》わになり、そして刹那《せつな》で隠れる。部屋着をポイとリビングに放り出した少女は、極薄ながら鋼《はがね》の強度を持つメッシュ構造の肌着と、サイバー感のある装備に覆《おお》われていた。

「サブスキル《忍術B》お色直しの術っ！　便利なんだよね～、早着替え！」

めちゃくちゃ地味だが、これも立派な新時代のブレイクスルー、《魔法》だ。

服を破いたりすることなく、引っ張るだけで脱ぐ魔法。しかもその瞬間、事前に設定した衣装や装備が自動的に身に着けられる便利さは、変身ヒーロー並みの早着替えを可能とする。

「これでよしっ♪　さ〜て、おじさんを追っかけなきゃ！」

にししっ、と小悪魔のように笑いながら、少女は飛び出していく。

一分もかからぬうちに追いついた。

ゆっくりと歩く佐藤の後ろ姿を発見。異様に鋭い感覚の探知圏外を見極め、さらに意味などよくわからない印《いん》を結んでチャクラっぽい何かを高めると。

「冒険者【忍道《にんどう》ヒカリ】――メインスキル《隠密ＳＳＳ》、発動！」

サイバー忍者っぽい装束《しょうぞく》が瞬時に透《す》け、消えた。

彼女の姿が周囲の風景を透かして映して完全に溶け込み、音さえ消える。

姿はもちろん音、におい、気配に至るまであらゆる痕跡を消し去る最上位の隠密スキル。

トラップ、ギミック解除やボスモンスター討伐といった条件を無視するならば、迷宮最深部にすら至れる可能性。絶対の潜伏隠密能力を誇るレアスキルを発動して。

「逃がさないかんね。今日こそ秘密を暴いちゃうよ――おじさんっ♪」

登録名、忍道ヒカリ……冒険者Ｌｖ、15。

駆け出し冒険者にしてほぼ無名の迷宮配信者は、叔父《おじ》をこっそり尾行しはじめた。

＊

『次は新宿《しんじゅく》、新宿～。お出口、左側です』

そんなアナウンスと共に、終電間近の電車が止まる。

上着も羽織らぬワイシャツ一枚、飲み会帰りのサラリーマンだとしてもえらく軽装な佐藤は、尻ポケットに財布を突っ込んだまま、ゆったりと新宿駅構内へ歩き出していった。

警戒している様子はない。当たり前といえば当たり前だ、何の後ろ暗いところもない人間が、必要以上に尾行だのストーキングだのを意識して歩くはずもなく、それだからこそ。

――スマホ片手にこっそり尾《つ》ける、姿なき姪《めい》っ子忍者に気づかないのだ。

（うちのおじさんは、めちゃくちゃ変だ）

同居を始めて一か月ほど。それまで疎遠《そえん》で、会ったことも話したこともなかったおじさんを、ヒカリは自分でも驚くほど素直に愛し、慕《した》っていた。

（変なタイミングでよく出かけて、スーツをドロドロにして帰ってくる）

そのたびに忙しい叔父の代理として、クリーニングへ持っていくのだが――。

シャツや上着、ズボンに点々と飛んだ黒い染《し》み。時には異臭まで放っており、只事《ただごと》ではない。

一度本人に直接訊《き》いたこともあるが、転んだとか適当な言い訳をされるだけだった。

母の実家とはいえ、転がり込んだ身……実質居候《いそうろう》の分際であまり深く追及もできず、おかしいな、と思いながらも何度かスルーを重ねたある日、疑惑が頂点に達した。

『おじさん、ポケットから出てきたコレ、何？』

『ああ……そんなところに入れっぱなしにしてましたか。ゴミです、捨てていいですよ』

『えー？　なんか綺麗だし、フリマとかで売れないかなぁ。やってみていい？』

『かまいませんよ。売れないと思いますが、もし売れたらお小遣《こづか》いにでもしてください』

汚れたスーツをクリーニングに出す前、ポケットの中を探ってみたところ。

ポケットから出てきた手のひら大ほどの奇妙な板に、心惹《ひ》かれた。透き通るような赤色、光を当てると虹のように煌《きら》めいて、触れてみると熾火《おきび》のような温《ぬく》もりを感じる。

（これ、鱗《うろこ》？　もしかして……ドラゴン!?）

冒険者にとって竜の討伐はステータスだ。

特殊称号《竜殺し》がギルドに認定されれば、高難度の依頼クエストを受けられる。白金級《プラチナランク》、いわゆるプロ冒険者の上澄みでも厳しい難関資格のキーアイテムに、よく似ていた。

（まさかね。でもいちおー、調べといたほうがいいかな？）

恐る恐る、冒険者協会へ鑑定に出してみたところ……。

『ひゃ……ひゃ、ひゃくまんえんっ!?』

『協会公認オークションの前回落札履歴ですと、そうなりますね。間違いありません』

協会の窓口係の女性は、にこやかにそう言った。

役所然とした飾り気《け》のない窓口。小銭を乗せるトレイの上にぽつんと置かれたファンタジー素材に万札一束と同じ値がついて、光莉は目を丸くする。

『《火竜《かりゅう》の鱗》……非常にいい品です。失礼ですが、ヒカリさんは現在15Ｌｖですよね？』

『あ、はい、そうですけど……』

『こちらは１２０から１４０Ｌｖのドラゴン系モンスターからしかドロップしない品です。どこで手に入れられましたか？　その、盗んだとかでは……ないですよね？』

『え、えーと、え～～～っと……拾いました！　その、ダンジョンで！』

『では、拾得物届けを書いてください。不法に取得したものでなければ問題ありませんから』

『あ、はい』

『特に犯罪性もなく、半年経《た》って落とし主が現れなければ、あなたのものになりますので』

『そんなお財布落としたみたいな感じでいいんですか!?　百万円でしょ!?』

『落とし主が出てきた場合、一割貰《もら》えますよ。書類、今お持ちしますから』

めちゃくちゃ事務的な対応をされ、正直どうかとマジで思ったものの。

半年後に百万、ないし十万確定。空恐ろしい拾得物届けを書きながら、ヒカリは思った。

（な……な……な……。なにしてんの、おじさ～～～～～んっ!?）

超強力モンスターを倒さないと手に入らない、高額ドロップ品をゴミ扱い。

丸めたティッシュみたいな感じで放り出す中小企業の平社員。そんなバグみたいな存在が、裏で何をしているのか。仮にも家族として、知らずにはいられなかった。

（おじさんが悪いことしてるとは思えないけど）

そのくらいの信頼はある。ほぼ他人同然の小娘に、一度もエッチな視線を向けもしない。それどころか、姉……つまり光莉の母親に実家を譲り渡して自分はアパートにでも引っ越すと提案してくれたほどだ。まるで神様みたいに欲がなく、浮世離れして見える。

（間違いない。おじさんはやってる、何かやってる。めちゃくちゃとんでもないことを！）

その秘密を探るべく、甘原光莉こと忍道ヒカリは、深夜におじさんを尾けている。

（正直気が引けるけど、正面から訊いてもはぐらかされちゃうし）

しつこく問いつめてヤバい答えが返ってきたり、それ以前に優しいおじさんを怒らせるかもと思うとそれもできなくて。

（今日こそ現場を押さえてみせる……！　信じてるからね、おじさん！）

かつての新宿の姿を、彼女は知らない。

迷宮災害以前、この街は日本有数の繁華街として栄えていた、らしいが。

（あたしが生まれる前からこれだもんね。遊ぶところなんか、ないと思うけど）

ビルとビルの隙間《すきま》を塞《ふさ》ぐ巨大な鉄壁。

迷宮に占拠された市街地を封鎖するため巡らされたバリケードは補強を重ね、今や要塞だ。

自衛隊に所属する覚醒者、冒険者が二十四時間態勢で警備を続け、一見普通の街並みに非日常が挟み込まれるように存在している。いくつかあるゲートでは冒険者ギルドの窓口があり、迷宮に挑む冒険者たちを受け付けては、怪物ひしめく修羅の巷《ちまた》へと案内していくのだ。

(夜なのに、ぜんぜん賑《にぎ》やか。眠らない街……って言うのかな?)

ダンジョンには謎が多い。出現する時間帯が限られるモンスター、夜のみ解除可能な仕掛け、宝物なども存在するため、冒険者はありとあらゆる条件を試そうとする。

かつての繁華街とはまるで違う理由で煌々《こうこう》と輝く不夜城、新宿歌舞伎町ダンジョン。

駅を出て夜の街を行くサラリーマンの群れ、佐藤の姿はその中に紛《まぎ》れ、溶け込んでいる。

その背中越しに、壁の色褪《いろあ》せたポスターが彼女の視界に飛び込んできた。

――『とりもどそう　わたしたちの新宿　全日本冒険者協会』

――『ダンジョンを解放せよ!　未来は冒険者の手にかかっている』

――『三万七千人を忘れるな!　迷宮災害より十八年　~あの時はいま~』

(正直、ぴんとこないけどね)

光莉たちダンジョンネイティブ世代にとって、迷宮は生まれた時から存在するものだ。

おじさんと同じ歳くらいの前世代の冒険者たちが血眼《ちまなこ》になる感覚――ダンジョンを解放しろ、土地を取り戻せ、犠牲者の仇《かたき》を討て、というスローガンは、理解できるものの響かない。

教科書に載《の》った最後の戦争から数十年。永《なが》い平和は格差を生み、富める者と貧しい者とでは教育環境、文化水準、社会的モラル意識の高さはもちろん容姿や体格に至るまで大きく違う。

だが、ダンジョンは違う。金持ちも貧乏人も等しくモンスターは襲い、それらを倒して得られる報酬も同じだ。

故《ゆえ》に現代の若者たちにとって、ダンジョン……冒険者は、社会的格差をものともせず成り上がれる最短ルート。だからその新時代の旗手《きしゅ》である配信者たちは若者に支持され、賞賛を浴びるのだ。

（知らない人にチヤホヤされても嬉しくないけど。……メチャ欲しいもんね、お金）

光莉が冒険者になった理由もそれだ。シンプルに金が欲しい。

シングルマザーの母は毎日毎晩遅くまで働いているが、家計に余裕はない。

贅沢《ぜいたく》はしていないが、少し背伸びした学費を払い、その後の生活を考えると、まとまった額の貯蓄が欲しい。将来を買う、未来を買うためのチケット、それが――。

（お金。そのためにも、おじさんのこと……もっと知りたい！）

その時、ふと佐藤が足を止めた。

新宿ダンジョンの防壁から少し外れたそこは――

（……バッティングセンター？）

設備はかなり古いようだが、今も現役で稼働しているようだ。

佐藤を追い、タイミングを見計らって後に続く。いくつかのブースに客が入っており、マシンがボールを射出する音と、たまにバットがボールを弾《はじ》く音も聞こえてくる。

「いつもの。一時間で」

「あいよ、五百円ね」

窓口で小銭を払うと、佐藤は慣れた様子で奥のブースへと歩いていった。

通り過ぎざま、ケースに並んだ貸し出し用の金属バットを引っこ抜く。

こだわりはないのか、特に選ぶ様子もない。最初に触れたものを雑に掴んで、一番奥——『140km』と看板が掲《かか》げられたブースへ入っていく。

「あれ、あそこ……故障中じゃねーの？」

「常連専用なんだってさ。俺も前やってみようとしたら、店の人に怒られたわ」

「へー、感じ悪《わり》ぃの。打てんのかね、あんなおっさんがさ」

近くにいた客の会話が耳に入ってくる。その時、ヒカリはぞくりとする何かを感じた。

（嘘、これって⁉）

声には出さず、驚愕《きょうがく》する。バッターボックスに入った佐藤の姿がいつのまにか消えていた。

一見何の変哲もない、ごく普通のブース内。だがよく見れば足元に黒い何かが渦を巻いて、光が望遠鏡で見た星雲のように煌めきながらグルグルと回転していた。

夜空から切り取った銀河が、水溜まりのように落ちている。そんな奇妙なオブジェクトに、光莉——今は冒険者ヒカリ——は見覚えがあった。十八年前から特定地域でのみ見られるようになった超常現象――。

（――ダンジョンの入り口!?）

空間を超えて座標を繋ぐワープゲート。

人類が未《いま》だ原理も解明できぬものは、触れた人間をダンジョンへ転移させる。

慌てて近づくと、ブースに掲げられた先ほどの小さな看板が再び目に入った。『140km』――遠目には、ただ球速を示すものとしか思えないが、よくよく見れば使われている塗料が妙な光沢《こうたく》を放っている。

ハッとしてヒカリはスマホを向けた。冒険者向けのダンジョン情報掲載アプリ。ダンジョンの入り口は異空間との境界だけあって不安定で、時折モンスターが出現しかけては治安維持の冒険者に撃退されるといった事件がまれに起こる。表示板などに記された情報はそういったごたごたのたびに汚れたり、破壊されたりしてキリがないからと開発されたのがこれだ。

ダンジョンの近くでスマホをかざせばARで情報が見れる。看板に重なるようにAR情報を設定しておけば、もしも看板が壊れてもデータ上はそこに情報が残るという仕組みだ。どこにデータが残されているかは場所により異なるが、どうやらこのバッティングセンターでは球速表示の看板に重なるように設定してあるようだった。

（140『km』じゃない。……140『Lv』!?）

ダンジョン深度140といえば、かなりの上級者向け。最上位勢の行く場所である。

最強クラス、白金級《プラチナランク》でも単騎での攻略は困難を極める。パーティを組み、万全の支援態勢を整えてようやく探索が可能となる、選ばれし者たちのみが入れる最難関だ。

(嘘。おじさん、入ったの？　マジ？　……いやいや、いやいやいや……待って!?)

隠密スキルがあるヒカリでさえ、覚悟がいる領域だ。

万が一にでもスキルが途切れれば、あるいは完全隠密能力すら看破《かんぱ》するモンスターがいたら、強力な隠密スキルの代償として戦闘能力に劣る彼女は、ほぼ即死する。

怖い——が、迷っている時間はない！

(え〜〜〜〜いっ!!　もしヤバかったら恨んじゃうからね、おじさん!?)

破れかぶれの覚悟を固めて、佐藤を追ってブースへ飛び込む。

微《かす》かに揺れた気配に、見張っていた店の主人が「ん？」と眉を上げたものの、侵入者の存在には気づかない。そのままヒカリはワープゾーンに踏み込み、落とし穴じみた浮遊感の中に投げ出された。

(ひ〜〜〜っ!?　きもちわるっ!!)

立ち眩《くら》みにも似た違和感。

足は地面に着いているのに、まるで地面ごと空中へ放り出されたような感覚。

エレベーターで感じる上下運動の慣性に、地震のような横揺れ感を足してからグルグル身体を振り回される……三半規管が弱い者なら嘔吐《おうと》しそうな酩酊感《めいていかん》が視界を一瞬黒く閉ざした。

＊

ヒカリが目を開けると、そこは異世界だった。

(ヤな雰囲気……こんなの絶対ヤバい場所じゃん！)

黄昏時《たそがれどき》のような空。雲ひとつない書き割りのごとく、ほのかな赤が照りつける。

果てありし偽《いつわ》りの空――時に数十キロ平方メートルに渡り広がる異空間は仮説によれば並行世界の新宿。

空間を繋ぐワープゲートのみで出入りできるそこは、自然の岩盤と人工物が混ざり合わさったような場所だった。

周囲には廃墟。かつての繁華街の名残《なごり》を留《とど》める壊れたビルや飲食店の看板が不気味に歪《ゆが》み、奇妙な機械や生物じみて蠢《うごめ》く肉塊《にくかい》に紛れて、ビクビクと嫌な鼓動を響かせていた。

ヒカリが知る、ダンジョン浅層《せんそう》とは比べものにならない威圧感。

野生のヒグマやライオンの巣に放り込まれたらこんな気分だろうか。身を守る術《すべ》のない心細さ、隠密スキルを駆使してなお感じる何かの気配に、背骨を恐怖が這い昇ってゆく。

(怖い、怖い、怖いっ……！　あたしは隠密スキルがあるからいいけど、おじさんは⁉)

周囲をざっと探すと、白シャツの背中がすぐに見える。

金属バット片手に、まるで散歩でもしているかのように悠々と、佐藤は迷宮を歩いていた。

(あんな無防備で大丈夫なのかな……。最悪、助けに入らないとダメかも?)

姪の心配など露《つゆ》知らず、佐藤がとある廃墟に足を踏み入れた時だった。

(あれ? あそこ……何かいる!?)

冒険者の多くは、迷宮に出現する仕掛けやモンスターの情報を共有する。

昔なら手間取ったところだが、今はスマホでWikiに書き込めば済むだけだ。互いに命懸け、少しでもリスクを減らすために手を組むのは必然の流れだろう。

もちろん、情報を独占しようとするグループもいる。特に高難易度——100Lvを超える深層《しんそう》エリアのモンスターは、潜《もぐ》れる冒険者が限られることもあって断片的な情報しかない。

(あれは……《金剛石の大蛙《ダイヤモンドフロッグス》》!)

深層に挑む冒険者たちが真っ先に情報を共有、警戒したモンスターだ。

外見はデカいカエルである。具体的な大きさは、およそ体重二〇〇〇kg。牛1頭分ほどのサイズ、しかも表皮は透明の結晶体で覆《おお》われ、それが名に金剛石《ダイヤモンド》を冠する由来となっている。

煌めくそれは驚異的な硬度を持ち、ただでさえタフな野生動物に抜群の物理耐性を与える。

しかもそればかりか、無色透明であるが故に周囲の光を透過、文字通り姿を隠してしまう。

Aランクに相当する隠密スキルによる奇襲攻撃、そして超物理耐性と暴れ牛並のタフネス、強靭《きょうじん》な後ろ足によるジャンプから繰り出されるボディプレスや突進攻撃も侮《あなど》れない。

（白金級の前衛でも苦戦する……らしい、凶悪モンスター！）

それが佐藤の頭上、崩れかけたパチンコ屋の外壁にへばりついていた。

透明で姿は見えない。

隠密ＳＳＳ、上位スキルを持つヒカリだから気づける領域だ。当然、佐藤も――、

「おじさん！　あぶな……！」

ヒカリが声を発しかけた、その時だった。


……コッキィィイ――――――ンッ!!


「は!?」

今見たものが理解できず、ヒカリは思わずそう漏らした。

幸いにも佐藤は気づいていない。背を向けたまま悠々と、振り抜いたバットの余韻《よいん》に浸《ひた》る。

「……はぁ～～～～……………」

感極《かんきわ》まったような吐息《といき》。

溜めに溜めたストレスを解放する一打、ブッ飛ばしたという充実感が笑みを刻ませる。

「い～～～～い、音だぁ。相変らずちょうどいい重さだなあ、このカエル……！」

（めちゃ笑顔!?　あんな顔見たことないよ、おじさん!?）

周囲を見渡す佐藤の横顔、にっこりとした満面の笑みに、思わずヒカリは突っ込んだ。

何が起きたのか理解できぬまま、情報を整理する。ビルの壁にへばりついた大ガエルが跳び、体重二〇〇〇kgのボディプレスを佐藤めがけて叩き込もうとした。

落下による加速がついたダイヤモンドの怪物は、ほとんど破砕用の鉄球に等しい。直撃すれば戦車すらペシャンコになりそうな衝撃力を、佐藤は真正面から打ち返したのだ。

（意味わかんない、意味わかんない。何あれ!?　一撃って……えぐすぎっ!!）

現状における最上位勢と呼ばれる迷宮配信者のひとり、オワリ社長――ヒカリのような配信初心者とは桁違《けたちが》いの実力者、その動画を思い出す。

（【必殺】三億の大剣作ってみたｗｗｗｗｗ　だったっけ。アレで確か……一発）

超レア素材をふんだんに注《つ》ぎ込んだネタ特化武器。

単純な硬度だけなら観測された中で最強を誇るオリハルコンに、物理防御を貫《つらぬ》く強特性を付与。地水火風に光闇、飛行、獣、ゾンビ、竜、あらゆる属性のモンスターへの特攻を可能とした最強の剣ですら《金剛石の大蛙《ダイヤモンドフロッグス》》を倒すのに二回の攻撃が必要だった。

それなのに……今。

（死んでる！　死んでるよね、アレ!?）

佐藤がバットで打った大ガエルは、瓦礫に突っ込みぺしゃんこになっている。

サイズ感さえ無視すれば、まるで車に轢《ひ》かれたカエルそのものだ。

頭が砕け、激突の衝撃を物語るように潰れたさまは、どう見ようと……一撃、必殺。

（まだ！　あのカエルが、ダイヤモンドフロッグ『ス』って呼ばれる理由は……！）

独占を考えず、真っ先に上位層が情報を共有したほどの脅威。

（常に複数。――群れで活動するモンスターだから！）

ゲコゲコゲコゲ　ゲコゲコゲコ　ゲコゲコゲコゲコゲコ……！

地鳴りのような音がする。

景色に溶け込んで見えないが、あちこちに潜《ひそ》んだカエルが威嚇《いかく》の声をあげている。喉《のど》や頬を風船のように膨《ふく》らませながら、ただひとりの外敵へ！

コッキ――――ンッ!!　カキン!!　クァッキ――――ンッ!!

（……うそっ!?）

雪崩《なだれ》を打つかのごとく落ちてくるカエルが、次々と飛んでいく。

特別なことはしていない。

ごく普通のバッティング――素人目《しろうとめ》にも綺麗なフォームに見える、全身のバネをバットに乗せるスイング。プロ野球選手と見紛《みまが》う、流れるような動きで！

「これはウザい上司の分!!」

……カキン！

「これはクッソ失礼なガキどもの分!!」

コッキィ――――……ンッ!!

「そして、これは」

一拍置いて、力を溜めて、そして数匹いっぺんに！

「人様に迷惑かけてやがるくせに、てめェのことしか考えねえ自己中野郎の分だあッ!!」

クァッキ――――ン……ッ!!

一匹二〇〇〇kgの肉塊が、砲弾のごとく弾き返されてゆく。打たれたカエルは放物線を描いて飛び、ある者は空中で爆散し、ある者は瓦礫に激突して潰れ、ある者は地面へ逆さに突き刺さる。

まるで爆撃の痕《あと》だ。簡単には壊れない迷宮に、打球ならぬカエルが直撃するたび大穴が開く。背後に隠れているヒカリは無事なものの、群れなす怪物の数は見る間に減っていった。

(なにこれなにこれ、なんなのこれ!?　いくらなんでも、強すぎでしょ!?)

ヒカリが知る限り《金剛石の大蛙《ダイヤモンドフロッグス》》の群れをこのスピードで処理できる冒険者はいない。

一流冒険者のオワリ社長が専用特化装備を駆使し、後衛からの支援を受けても無理だ。

武器はバッセンの貸し出し用、ごくありふれたスポーツ用品。鎧《よろい》は幻想的なロマンも神秘性も感じさせない安背広で、魔法ならぬ野球で無双する。こんな意味のわからない光景、脳がバグる。

「ハッハァ――ッ!!　打ち放題だ、ヤッホ――ッ!!」

（めっちゃいい顔してるし、おじさん。ノリノリすぎ！）

そうとうストレスが溜まっていたのか、佐藤はカエルを打ちまくる。

ちょくちょく帰りが遅くなると思えば、まさかそのたびこうしてストレス解消していたのか。

そうだとしたら、ポンと出てきた百万円のドロップアイテム、火竜の鱗にも納得がいく。

（まさか、どっかでドラゴン打ってきたの？　いや、普通にできちゃいそうだけど）

理解不能、理解不能、理解不能。

頭が沸騰しそうな衝撃映像を呆然と眺めながら、ふとヒカリは気づいた。

（ん？　待てよ……？）

この光景、誰も見たことのない映像は。

（ひょっとして――めちゃめちゃバズるんじゃないかな!?）

そう気づいた後の行動は早かった。さっとスマホを取り出し、おじさんの顔が映らない背後から撮影。カメラを向けて動画アプリを起動すると、新規アカウントを取得して配信を開始する。

（自前のチャンネルは使えないもんね。あたしだって即バレちゃうし）

手続きに少々時間はかかったものの、佐藤の無双は止まらない。

弾幕のごとくカエルを打ちまくる蹂躙劇の真《ま》っ只中《ただなか》、カメラがその背中を捉《とら》えた。

【名無しメロンパン】お、新人？　初配信おめ

【スイちゃんLOVE】深層《しんそう》じゃん　ダイヤモンドフロッグスとやってるし

【蛙大臣】マジ？　浅層《せんそう》じゃないの？

【名無しメロンパン】スイレンちゃんの攻略配信で見た。物理耐久えぐいやつだろ

【スイちゃんLOVE】水魔法でデバフかけまくってやっと倒してたな。数めちゃ多くてやべーやつ

【蛙大臣】カエルにぬるぬるにされるスイレンちゃん見たかった……

【みこみこ】隙《すき》あらば性癖語《せいへきがた》りNG

【KOUJI】初配信で深層とか、天才かクソバカの二択じゃね？

【名無しメロンパン】てかこの先、もっとヤバいモンスターいなかったっけ

（わっは～～～っ！　ガンガンコメントついてる！　すっご！）

配信を始めてすぐ、四～五人がログインした。深夜、人が集まる時間からは外れているが、初配信となればどこからともなく集まるスコッパー、いわゆる初見勢《しょけんぜい》が食いついたようだ。

（あたしの時はこんな来なかったのに～!!　ずっこい、おじさん！）

いちおうヒカリも配信者だ。既《すで》にデビュー済みだし、学校の合間を縫って活動している。

が、事情もあって大きくバズることもなく、収益化には程遠い。

そんなヒカリのチャンネルを凌駕《りょうが》する勢いで数字は伸び、わずか数分の猛打ショーが観衆を惹《ひ》きつけていく。

【みこみこ】マジか、あのクソガエルが一発で死んでる!?

【KOUJI】意味わかんねーよな……え、合成？　CGとかじゃねえの？

【名無しメロンパン】こんなすげえ映像フェイクで作れたらもう映画だろ

【スイちゃんLOVE】なんかのスキルなんだろうけど……こんなの見たことねえ！

【蛙大臣】スキル発動！　とか叫んでくんねーかな　大手配信者みんなやってるじゃん

【みこみこ】アレ、最初バカみてーって思ったけど見ててわかりやすいんだよね

……

【KOUJI】わかる　言語通じるモンスター相手にやると手の内バレるらしいけど

そんな風に語られていることなど知らぬまま、佐藤は歩き続けていく。

いつしかカエルの襲撃も収まり、あちこちには砕け散った肉塊と血臭《ちしゅう》が立ち込めてゆく。

駆逐《くちく》されたモンスターの屍《しかばね》は一定時間で塵《ちり》に還《かえ》り、後にはドロップアイテム――金貨や宝石、武器や道具、時には素材となる身体の一部などが残されている。

「面倒くさい。……とはいえ、ゴミを放置するわけにもいきませんね」

露骨に面倒くさげに佐藤は言うと、ポケットを探った。

折りたたまれたコンビニのレジ袋――近所の店のロゴが入ったそれに、散らばった品々を放り込む。ダンジョンの遺物は純粋な物質ではなく、魔力が形を変えた仮想的なものだとされる。

詳しい理論は未だ解明されていないが、莫大な数の金貨がひと塊《かたまり》にすくい取られ、レジ袋にザラザラと流し込まれる。煌びやかな武器や防具、用途もわからないアイテムも同様だ。

【悦太郎】　すっげ……。総取りかよ。めちゃくちゃ儲《もう》かってねえ？
【みこみこ】　ソロだしな　マネできるならやってみろよ、死ぬぞ
【名無しメロンパン】　時給何百万の世界だな　見た限りガチだ、ガチひとりで攻略してる
【スイちゃんLOVE】　カメラマンすらガン無視だもんな　ぼっちおじさん……。

面倒くさげに集めたアイテムは、正規ルートで売買すれば巨万の富を得られるだろう。

しかし佐藤に大金を扱っているという意識はなく、ほぼゴミを扱うようにぞんざいだ。

その仕草が素人離れしたこなれ感を演出し、次々と集まってきた視聴者の興味をそそる。

「こんなもんか。……ん？」

あらかたゴミ拾いを終えた頃、佐藤は不意に足を止める。

歪んだ廃墟が突然、途切れている。円形に拓《ひら》けた瓦礫の山は、まるで古代の闘技場。そこを越えた向こうには地底湖が広がっており、水面《みなも》が静かに凪《な》いでいた。

……ザバッ!!

地底湖の中央――波紋が広がり、突如《とつじょ》として膨大《ぼうだい》な量の水が跳ね上がる。

「よう。久しぶり」

佐藤は片手を上げ、まるで旧知の相手に挨拶《あいさつ》するがごとく、そう言った。

ダイヤモンドの大蛇。いや、そのサイズはもはや怪獣だった。大型トラック並みに太い胴、体表を煌めく結晶体の鱗《うろこ》がびっしりと覆い、あらゆる打撃や魔法に耐性を持つ。

カッと開いた紫の口腔に並んだ牙は、物理を超えた異界の猛毒を垂らしている。

冒険者が即死と並んで忌《い》み嫌う最悪の状態異常、石化。耐性や抵抗能力がない者が喰らえば途端に体が硬直し、全身が石と化して行動不能に陥《おちい》ってしまう。

そして何より巨体に見合う絶大なパワー。その威力は尾の一撃でビルを叩き折り、万が一ダンジョン外に解き放たれれば壮絶なドミノ倒しを引き起こすだろう。

140Lv階層守護者《エリアボス》、《金剛石の大蛇《ダイヤモンドボアレイド》》。

冒険者たちがパーティを超えた徒党を組み、数十人がかりでないと倒せないような大怪物──。

（でっか～～～～～いっ!!　いや無理でしょ、いくらおじさんでも、コレは無理でしょ!?）

隠れたヒカリは言葉もなく、ただただ震えるしかない。

震えるスマホが捉えた映像が数秒のラグを経て配信され、見守る群衆《モブ》もまた同じ。

【蛙大臣】　やばくね!?　デカすぎ、カエルの何倍あんの!?

【名無しメロンパン】　だいたい一〇〇倍くらいじゃねーかな。目測だけど

【みこみこ】　いやマジレスされても困んだけど……さすがに無理だろ、アレは

【スイちゃんLOVE】　誰か巨大ロボ持ってこい！　野球キメたおっさんでどうしろってんだよ!?

混乱するコメントが弾幕のごとく。

佐藤は大蛇を前に、静かにバットを構え──群衆には見えぬ裏側で、ニヤリと笑った。

「本気でいくぞ。……楽しませてくれよ!!」

「シャアッ!!」

舌なめずりしつつ蛇が咆《ほ》える。それは声ならぬ、尾を震わせて立てる威嚇音。

牙を剝《む》き、佐藤が立つ地面ごと抉《えぐ》り取るように喰らいつく。

画面上で人影が飲まれ、哀れな餌食《えじき》と成り果てた……かと見えた、一瞬の後《のち》。
「——はッ!!」
バットを握る手に力がこもった刹那、全身の筋肉が膨れ上がった。
ワンサイズ上、あえてだぶっと着ていた安背広がパンパンに張り詰め、汗と返り血で汚れたシャツに野太い血管と筋肉の束が浮かび上がる。

牙が男に襲いかかった瞬間、鈍《にぶ》い黄金色のバットが——

ゴッ……キィイイイインッ!!

大ガエルよりは遥かに重い、されど真芯《ましん》を捉えた快音が響き渡った。

【蛙大臣】 は?
【悦太郎】 へ?

状況が理解できず、辛《かろ》うじて唖然としたさまを表すようなコメントが流れる。
頭だけで大型トラックほどもある大蛇の巨体が、文字通り跳ね飛ばされていた。

ロケットエンジンでも搭載しているかのような勢いでカッ飛んだ怪物は、地底湖の水面に跳ねて対岸に激突。Ｓの字を描くように瓦礫にメリ込み、折れた骨が肉を破って体のあちこちから飛び出した状態で潰れていた。

一撃――ただの、一撃。

それだけで絶命し、早くも砕けた死骸《しがい》が塵となりはじめる。それと共にあたりを包んだ黒い靄《もや》が晴れると、そこにはカエルの群れすべてを凌駕《りょうが》する莫大な量の金貨や宝石が溢《あふ》れ、佐藤の足元にまで散らばった。

（はあああああああああああああああああああああああああああああああああああああ!?）

ヒカリは絶叫をあげそうになった口を両手で塞ぎ、目を見開いて内心、叫ぶ。

強い。いや、強いなんてものじゃない。文字通りの別次元――ファンタジーＲＰＧの世界に、プロ野球選手育成ゲームをブッ込んだような、極めて凶悪な異物感。

「ま、こんなもんか。……〆《しめ》の一発にしちゃちょっと軽いかな」

恐るべきことに、バットを振り切った余韻に浸《ひた》りながら、佐藤はどこか不満げに言う。

【セナさま推し】　何いまのすっげ――――!?　めっちゃいい音したじゃん!?

【ああ　ああ】　嘘乙。こんなん映像編集で余裕だから。あんなバットで倒せるわけねーよ

【Ga－ileo】　……リアルタイム配信でディープフェイクって不可能じゃね。生だぞコレ
【名無しメロンパン】　初配信でいきなりアンチ沸いて草　期待の新人現る
【スイちゃんLOVE】　新人っていうかおっさんだけどな！

「おおっ……こ、これって!?」

手にしたスマホの画面の中、佐藤は面倒くさそうに足元の金貨《ゴミ》を拾っている。

常識外れの生配信。レイド級ボスの単独一撃討伐というイカれた伝説は拡散され、今まさに火が点《つ》いたように注目を集め、チャンネル登録者数と同時接続数が増えていく。

あらゆる配信者たちが狙い、夢見てやまない……奇跡《バズ》！

（きったあああああああああ〜〜〜〜〜〜〜〜〜っ!!　大バズり!!　最高だよ、おじさん。これは、これはっ……!!）

チャンネル登録者数、一万人を超えてなお増加中。

特に見るところのない画《え》——金貨、財宝、ゴミ拾い中のおっさん。遠く離れた後ろ姿、顔もロクに見えないソレに、八千人を超える同時接続数、視聴者が釘付けになっている。

（圧倒的!!!　お金の匂いっ!!!）

バズりまくっている配信をどうやって終わらせたものかと悩みながら。

ヒカリはただ、英雄の背中に魅入《みい》っていた。

第二章　地味なおじさんと突発コラボ

①おじさんのはじまり

2007年　東京新宿某バッティングセンター

〝佐藤蛍太〟

ルールが変わった、と識者は言う。

二〇二五年から十八年前。二〇〇七年……佐藤蛍太《さとうけいた》、二十三歳。

世界各地に突如《とつじょ》《迷宮《ダンジョン》》が出現。異なる時空に存在する異世界と現代地球が重なった結果、迷宮化した土地は異界の物理法則に影響され、大きく変化を遂《と》げた。

あり得ざるおとぎ話の産物とされた魔法の実在確認、モンスターを倒すことで超人化する覚醒現象、更新された物理法則による各種技術のブレイクスルー。

革命は混乱を招き、異世界に占領されたとも言えるダンジョンには大勢の市民が取り残され、諸国は治安維持活動とダンジョン征圧による国土解放に総力を挙げた。

不安に震える人々はカルト的な終末預言だの、地震兵器がどうのだの、某組織の仕業《しわざ》だのと馬鹿げた陰謀論に惑《まど》わされ、ネットやマスコミが好き勝手に騒ぎ立てる。

比較的平和とされた日本でも、例外ではなく――。

どこぞの高校生がダンジョン化した学校から幼馴染みと脱出したり、引退した伝説のヤクザが拳でモンスターを撃退したり、自称霊感の強い女の子が魔法使いに成り上がったり。

そんな武勇伝がどこからともなく漏《も》れ伝わってくる、奇妙な緊迫感に満ちた、そんな時代。

――日本の社畜は、いつもと変わらず働いていた。

「24時間戦えますか……って、だいぶ古いっつーの……」

大昔のCMソングを脳内でひたすらリピートしながら、死んだ魚の目をした若者が呟《つぶや》く。

垢《あか》とカップラーメンのにおい、薄暗いオフィス。自分用に割り当てられたパーティションには未処理の書類が積まれ、合間を縫うようにドリンク剤の空き瓶が転がっている。

新卒で採用された《冒険書房》、当時の営業部はブラック勤務が常態化。部長の方針が極端な成果主義であり、ノルマ未達者は朝礼で吊るし上げられ個人の尊厳を踏みにじられる。それも部長本人は手を下すことなく、ガッツリ洗脳された係長が実行犯だ。

（……嫌だ。嫌だ。ああ、嫌だ）

胃が痛い、キリキリ痛い。毎月毎月、綱渡りのような営業活動。

張り切ってノルマを大幅に超える成果を上げた同僚は翌月死んだ。翌月からノルマを上乗せされたからだ。一度できたなら二度できる、それが当然だろうと言わんばかりに。

（まあ、ガチで死んだわけではないですが）

ノルマ未達が三月《みつき》連続、強烈な罵《のの》り尊厳破壊を喰らいまくり、鬱《うつ》を病《や》んで休職してしまった。

事実上、サラリーマンとしての死——令和の時代ならSNSにでもリークされて大炎上し、労基に訴え弁護士をつけて会社と戦う手段もあろうが、当時はそんな逃げ道もなく。

生命活動的にはギリ死なずとも、ヒトとして死にそうな、そんな毎日。

（《迷宮災害》が起きた日は、正直期待しましたが）

ぶっちゃけ会社休みになるんじゃねーかな、と。

だがそうはいかなかった。初日は早退が許されたり、電車が止まったりとそれなりに非日常感を味わえたものの、翌日には呆気《あっけ》なく復旧し、社畜たちは何事もなく仕事に戻っていた。

そして部長の方針転換——ブラック体制の大幅強化。

あたかもファンタジーRPGが現実化したような迷宮出現と覚醒現象に乗じ、もともとジャンル的に近いラノベやコミックを扱っていた実績を生かし、上層部を説得して方針をシフト。

ダンジョンの情報、モンスター対策をまとめた書籍をいち早く刊行——。

当初は同人誌レベルのまとめ本。後《のち》に少しずつ頁《ページ》数を増し、二〇二五年現在まで続く。

当時の佐藤が知る由《よし》もない、冒険書房の看板誌《アドベスタンス》の創刊である。

まだ冒険者というシステムも確立しておらず、官民が情報不足に喘《あえ》ぐ中、これは当たった。

莫大《ばくだい》な需要、情報を求める人々の声が殺到。中小企業のキャパシティは瞬時にパンク。製作に携《たずさ》わる編集部はもちろん、煽《あお》りを喰らった営業部にまで過重労働がのしかかる。

(断れば……まあ、クズ扱い)

未曾有《みぞう》の惨事だ。非常事態だ。大災害だ。だから働け！　みんなのために――！

(人間らしい暮らしなんて、もう半年はしちゃいないな。……たぶん)

無形の圧力をガンガンかけられる中、休みたいだのノルマがキツいだの泣き言さえも許されない。もっと大変な人がいる、被災もしてないくせにこれだからゆとりは、そんな声を浴びせられて。

大義名分という盾《たて》を掲《かか》げたブラック勤務のただ中で、靴底のように擦《す》り減るしかない。

(趣味もない。……正確には、あったけど)

心のゆとりも時間もない。

(遊びには時間も気力も必要だなんて、大人になって初めて知りました)

ハマッていた趣味……カードゲームやプラモデルも、実家の押し入れで埃《ほこり》を被《かぶ》っている。

削り削られ残った最後の人間性。最後まで捨てられないものが、ひとつだけあるとしたら。

「――そうだ。あそこ、行こう」

*

翌日……日曜日の夕方、ようやく帰宅が許された。

（そもそも休日じゃないのか、と）

言うだけ無駄なので何も言わず、さっさと会社を出る。

山積みされた仕事。自主的な出勤という名目でタイムカードを押すなと言われ、本来休日とされた土日すら、日々の業務からはみ出た雑務の処理に潰《つぶ》されて。

夕方、五時。出勤時間は翌朝七時半――就業規則では九時だが、新人は何かと理由をつけて、先輩より早く出るよう命じられている。当然、タイムカードは九時に押すのに。

（休日手当も出ない、残業代も出ない、なのに仕事はあるという）

死ね。と誰もが思いながら言えない、それが教育されたジャパニーズ社畜であった。

このわずかな自由時間。翌日早朝までのほんの短い間に、可能な限り回復しなければ死ぬ。

（頭が……ボーッとする。眠いのか？　いや、ハイになってる気もするな……）

カフェインたっぷりの栄養ドリンクの飲みすぎ。

元気の前借りは焦《こ》げついて、利息が積もったゾンビ状態。のそのそと疲れ切った足取りで、佐藤は渦中の迷宮化した新宿《しんじゅく》、歌舞伎町《かぶきちょう》にほど近いある場所へと向かった。

（さっさと帰って寝ろ、って話だよな。正気じゃないだろ、疲れてんのにバッセンとか）

だが、これは、これだけは。

（削れない。削りたくない。何もかも擦り切れていく中で、最後に残ったものだから）

溜まりに溜まったストレスを発散する最後の手段。

「ここだ」

――バッティングセンター。

ばかなことをしているな、と佐藤は思う。

別に野球好きでもない。ルールだって知らない。思い入れもないし、どこかの球団や選手のファンでもない。なのに他の趣味をすべて諦《あきら》めた中で、ただこれだけが残った。

「一時間で……」

「あいよ」

ドアをくぐり、カウンターで店主に金を払う。

会話はしない。常連扱いというヤツが嫌いだ。店の人間に顔を覚えられたり素性《すじょう》を詮索《せんさく》されたりしたくない。

名もない客としてあしらわれるのが好きだ。ピッチングマシンの音、ボールが空《くう》を裂く音、たまに響くバットの快音、客の会話がほどよい雑音となってゆく。

（ああ、これだ）

上手にステアしたカクテルのように、スムーズに自分が混ざる感じが、好きだ。

そのまま貸し出し用のバットを適当に取り、最奥《さいおう》のブースへ向かう。

玄人《くろうと》を気取るわけでもないが、他のコースはだいたい攻略済みだ。配球からマシンの癖《くせ》まで
わかるから、勝負にならない。

（これだ。これだけなんだ。——こいつをまだ、打ってない）

大学時代から、ちょくちょくこの店に通ってきた。

試験の成績がさんざんだった日、うまくいきかけた彼女と別れた日、バイトで大失敗した日、
嫌な気分をバットに込めて思いっきり打つと、スカッと切り替えることができる。

ちょうど佐藤が冒険書房に入社したのと同時期に、店長が突然導入した新しいマシン。

（関東最速!!　プロに挑戦　時速１６０ｋｍチャレンジコース。ホームランで認定証発行……）

ネットに貼られた看板にはそう書いてある。

（何度も思うけど、別に欲しくはないんだよね……認定証）

だってただの紙切れだ。自慢できるほどでもないし、一緒に喜ぶ友達もいない。

ただ他のマシンはすべて打てるのに、これだけが攻略できないままだ。スッキリしない。

喉《のど》の奥に刺さった小骨のようだ。このマシンを打ち崩し、ホームランを叩き込んで認定証を
手にした時、これまで溜め込んだすべてがチャラになるほどスッキリすると思う。

スーツの上着を脱いで、適当に近くのベンチに置く。

「さて……」

160kmは凄《すさ》まじく速い。とはいえ野球経験者なら打てるのだろう、とも思う。

速いには速いが目が慣れるし、嫌なコースに投げてくることもない。同じバッセンに通う客の噂話、野球自慢のオヤジや若者の会話から、そういうものだと理解していた。

佐藤にそんな技術はない。何度も何度も通い続け——ただ球を見て、バットを振る。

それだけだ。人間のピッチャーが投げるのとは違い、ピッチングマシンの配球は設定通り、ストレートと変化球を織り交ぜてくることもない。

(何か物足りないんだよなぁ)

速さにさえ慣れれば、球の軌道上にバットを『置いて』おけばいい。

タイミングを合わせて振るだけだ。所詮《しよせん》ゲームなのだからそうやって攻略するのが正しい。

けどそれは違う、何か違う。それだと勝った気がしない。このマシンを撃破した、征服できたと胸を張れる気がしない。全身全霊のスイングでホームランをカッ飛ばさなければ。

(——勝った気がしない)

バッターボックスに入る。スイッチはすでに入っている。

ピッチングマシンは稼働済み。疲れ切った脳、霞《かす》む目、花粉症気味で充血した眼《まなこ》、顔を洗うヒマもなかったせいで目ヤニが痒《かゆ》くて気持ち悪い。最低のコンディション——。

雑念がすべて吹っ飛んで、バットとボールだけに集中力を振り絞る、空《クウ》の意識。

「ぎゃあああああああああああああああああ!!」

うるさいな、と佐藤は思った。

(パニックホラー映画でも見てんのかな?)

思いをよそに、視線はピッチングマシンにピタリと合わさって動かない。

完璧な集中。コンセントレーション。周囲がざわめき、客が慌《あわ》てたように逃げていく。

どこか遠くで爆発音。悲鳴、バックネット越しに見える煙、燃える街並み。

「た、たすけ!!　たすけ!!　たすけ……ひぎゃ!!」

隣のブースから、腹の底に響く轟音。

ズバンとかズドンとか、ほとんど銃声じみた爆音だった。

佐藤の隣、ピッチングマシンから放たれた速球はめちゃくちゃな向きに飛び、逃げ惑う客のひとりに直撃する。トマトのように男の胴体に穴が開き、絶命する。

(――何だありゃ。変な幻覚見ちまってるな)

佐藤は我が目を信じない。

疲れ切っている。何十連勤か記憶がない。そんな自分の脳味噌に一切何の信用も置かない。

隣のブースで死人が出ていようとも、まるで映画でも観《み》ているように現実味がなかった。

(けど、見えてきた)

佐藤は一切、気づいていなかった。

間近に転がる死体から、銀色のボールがぬらりと這い出したことに。

銀色のナメクジ――大きさは丸まれば野球のボールとほぼ同サイズ。ぬらりと濡れた金属質の体に禍々《まがまが》しい牙が並んだ丸い口があり、さりさりとキャベツでも食《は》むように人体を喰らう。

佐藤は知らないその名は、《水銀ナメクジ《メタルスラッグ》》――。

迷宮の魔力をふんだんに吸収した鉱物系モンスター。柔軟かつチタン合金に匹敵する強度を誇り、ほぼあらゆる攻撃を無効化する。

だが、一匹でも倒せたならば。

一足《いっそく》飛びに高位冒険者への《覚醒》すら叶《かな》うという、希少怪物《レアモンスター》。

（……来い）

当時の佐藤には、わからない。

ボールに擬態した水銀ナメクジがピッチングマシンに装填。

時速１６０ｋｍの剛速球に鋼《はがね》の硬度を持たせたような殺戮《さつりく》砲弾が、彼に狙いをつけているのに。

「来い……！」

意識が覚醒する。

思考がハイになる。

脳がビンビンに活性化する。

遠く離れたマシンの鼓動が伝わってくる。真新しい鋼が軋《きし》む音、圧縮空気の炸裂音、ボールに化けた怪物が発射された刹那《せつな》の空気の振動、明確な殺意が軌跡となり、視《み》える。

秒に満たない一瞬、反射的に身体が動いた。

バッターボックスを外れてワンステップ、剛速球の直撃コースから半歩ズレたそこが。

（ベスト　ポジション）

全身がひとつの機械のように連動し、バットの芯が怪物を捉《とら》え、打った。

コッキィィイ————ンッ!!

「っ……しゃあああああああああああああっ!!」

カッ飛ばした瞬間、佐藤の感情が爆発した。

ガッツポーズを決めて打球を見送る。やけに銀色の妙なボールは『ホームラン』の的《まと》を直撃、グチャッ！　と生々しい音と共に潰《つぶ》れ、金属めいた色の体液をぶちまける。

ミチミチと音を立てて筋肉が疼《うず》く。

汗ばんだシャツがやけに窮屈だと思ったら、袖《そで》も襟首《えりくび》もパンパンだ。怪物を仕留めた瞬間、希少怪物が蓄えた莫大な魔力《ケイケンチ》が全身に注《そそ》ぎ込み、覚醒を遂げていた。

「店長、認定証！」

だが佐藤は気づかずに、満面の笑みで振り返り。

「……あれ？」

社畜の濁った眼が、ようやく現実を認知した。

空になったカウンター。店主はとっくに逃げたのか、安っぽい認定証だけが落ちている。

あちこちに転がる犠牲者の遺体。血みどろの屍に群がる水銀ナメクジ、さりさりと肉や骨を食む音と、遠間に聞こえる爆音、悲鳴、絶叫――戦場の如《ごと》き喧噪《けんそう》。

「何じゃこりゃああああああああああああああああああああああ⁉」

後《のち》に語られる未曾有《みぞう》の大惨事。

死者および行方《ゆくえ》不明者、およそ三万八千人――負傷者、被災者総数、測定不能。

新宿歌舞伎町ダンジョン《大侵攻》の、始まりだった。

② 24時間働けません

再び2025年　東京都内某所　佐藤自宅寝室
〝佐藤蛍太〟

「うへえ……」

枕元、耳障《みみざわ》りなスマホのアラームで佐藤蛍太《さとうけいた》は目を覚ます。

ぼやけた視界に映るのは、幼い頃から暮らしている六畳間。

子供部屋おじさん――と不愉快な言葉が流行《はや》った時期は妙に肩身が狭かった。四十を過ぎた今となっては羞恥心《しゅうちしん》も薄れ、数度の模様替えを経《へ》て少しは見られる部屋になっている。

「夢か……。うっわ、寝汗、ひっでえな……」

営業口調を忘れ、素《す》の乱暴な言葉遣《づか》いで、うっすらと湿った布団を離れる。

寝間着はいつもランニングシャツと短パン一丁。男はそんなものだと思っていたが、家族が増えた今となっては不都合もあり、そのうちパジャマでも買おうと思う。

（結局、まだなんだよなあ）

忙しさを言い訳にしている自覚はあり、やや後ろめたい。

飾りけのない部屋だった。寝床にしているベッドを中心に、何の変哲もない白い壁。フォトフレームに入れて飾ってある認定証——安っぽいホームランの証《あかし》。

たまに使う筋トレグッズ、暇潰《ひまつぶ》し用のゲーム機と専用モニター。

低めのテーブルにはビールの空き缶とつまみのポテチ。どちらも気が抜けていたり湿気っていたりして、もう口にする気にはなれなかった。とはいえ捨てるのももったいなくて。

（今夜にでも無理矢理、晩酌《ばんしゃく》の足しにするか）

そんな風に思いながら腰を上げ、自室を出る。

佐藤家は二階建て、ごく普通の建て売り住宅。

彼が使っているのは二階の自室だけで、他は丸ごと姉と姪《めい》に明け渡している。

二階、自室の隣はかつて姉が使っていた部屋で、今は光莉《ひかり》のものだ。

姉は一階、元両親の寝室を使っているが、仕事が忙しくてほぼ寝るだけになっている。

（ベストは俺が一階に移って、姉さんに俺の部屋を譲ることですが……）

二階を女所帯にできれば最適だろう。が、部屋替えの作業があまりにも面倒くさい。

ヒマができたら考えよう、と先延ばしにしているうちに、結局そのままになっていた。

台所やバスルーム、リビングを含めた共有スペースの掃除や家事は分担制で、多少の不便を感じることもあったが、一軒家を維持する手間を考えれば、むしろ助かっていて。

――階段を降りながら、ふと。

(偶然打ったボールが、モンスターだった)

十八年前、大惨事の真《ま》っ只中《ただなか》で起きた奇跡を、思い出す。

(馬鹿みたいな話だけど、本当のことだ)

パニック映画じみた大混乱。迂闊《うかつ》に逃げ出せば背中から撃たれる死のバッティングセンター。

生きて切り抜ける方法は、片っ端《ぱし》から打つしかなくて――。

(我ながらどうかと思うが、あの時はいい考えだと思ったんだよな)

他に選択肢がなかったせいもあるが。

ピッチングマシーンから次々射出されるナメクジの化け物を片っ端から打ちまくり。

(出ても結局、同じようなもんだったけど)

安全を確保してバッセンを出ても、外は外で戦場、修羅場のド真ん中には変わりなく。

何があったのかは思い出したくもない。結局佐藤が本当の意味で安全地帯へ脱出できたのは
それから一か月も後で、会社は無断欠勤扱い。クビにはならなかったが有給は吹っ飛んだ。

嫌な思い出を洗い流すように、さっさと汗ばんだ服を脱ぎ捨ててバスルームへ入る。

コックを捻《ひね》り、熱いシャワーを全身に浴びる――爽快感。

今日も仕事だ、寝ぼけた顔で出勤するわけにもいかない。忘れて、切り替えなければ。

(レベル？　スキル？　今の仕事には関係ない)

冒険者の強さの指標――《鑑定》スキルをもとに計算された統一基準、らしい。

佐藤は計ったことがない。自分は冒険者ではなく、サラリーマンだ。ストレスが溜まるたび迷宮へ通うのは、シンプルに汗を流してストレスを発散するためであり、趣味なのだ。

(俺はあくまで、堅実で平凡な……サラリーマンだ)

ＲＰＧの勇者のように、国や人々の運命を背負って戦う、とか。

夢やロマンを求めて修羅場に挑む冒険者のような若さもとっくに萎《な》えた。

たまたま奇跡が起きたところで、別に人生が変わるわけでもなく――結局元の仕事に戻り、同期の壊滅やらブラック部長の脱サラやら何かと波乱がありつつも、現在に至る。

シャワーを終えてバスルームを出ると、洗濯機の近くに常備してある着替えを取った。

これも同居中の姉と姪のおかげで、すぐに清潔な服に着替えることができる。

(昨日のスーツ、早めにクリーニングに出さないと)

安物の背広だ。同じものを何着か用意してあり、その都度着回している。

ストレス発散のたびに汗や返り血でひどく汚れるため、上等なスーツなど着ていられない。

昔はジャージに着替えて行ったこともあるが、そのひと手間が面倒くさくてすぐ止《や》めた。

(だからまあ、俺も得してる面は多々あるし)

仕上げにシェーバーで無精髭を剃《そ》りながら。

(向こうが嫌じゃなければ、姉さんたちとの同居が、ずっと続いてもかまわないんだが)

とはいえ年頃の娘さんがいる。姉はまあどうでもいいとして。

家事その他を頼って負担をかけるのも心苦しいし、やはり早いうちに決論を——。

「蛍太《ケイ》……ケイ！」

「あ。姉さん」

「ま～た自分の世界に浸《ひた》ってたな？　ちょっと怖いぞ、ソレ……」

いつのまにか、背後に人が立っていた。

電動シェーバーを止めて振り向くと、呆れ顔の姉がいる。長い黒髪、きつめの顔立ち。

いかにも姉御肌《あねごはだ》といった雰囲気、佐藤より二歳上の四十三歳——。

「朝飯、まだだろ？　コーヒー淹《い》れたから来な」

「はい」

バスルームを出てリビングに入る。

昨夜のカレーの残り香《が》が薄く漂う中、真新しい湯気をふわりと感じた。別にこだわりがあるわけではないが、安い豆でも一応ドリップしたてのコーヒーのいい香りがする。

(甘原灯里《あまはらあかり》——旧姓、佐藤灯里)

はっきり言って美人だ。

若い頃、姉に惚《ほ》れたという同級生に告白の繋ぎを頼まれたことが何度もある。今も四十過ぎには思えぬほどに若々しく、肌の張りから身体のラインに至るまで崩れがない、が。

（光莉さんの母親、出戻りバツイチ。そして――姉という名のゴリラだ）

古今東西、姉と弟とはそんなもの、らしいのだが。

よく言えばお姉ちゃんらしく、悪く言うなら暴力的かつ支配的。そんな姉に対し従順な弟、という定番の図式は佐藤家にもしっかり当てはまり、佐藤は未《いま》だ姉に勝てる気がしない。

「ん」

「ありがとう。コーヒー、頂きます」

マグカップを受け取ると、灯里はむっと小さく唸《うな》る。

「いいけど……なんかよそよそしーんだよなあ。やっぱ帰ってきたの迷惑だったか？」

「別に。身内のことですし、正直この家の広さを持て余していたものですから」

「それだよそれ、そのですます口調。昔はそんなじゃなかったろ」

「光莉さんがいますから」

半ば嘘――社畜として叩き込まれた習性だ。

内心の呟きや独り言には素《す》の自分が出るが、話す言葉はまず丁寧語《ていねいご》。統一した方が安心できる。

「年長者としてガキっぽい喋《しゃべ》り方はできませんよ。恥ずかしい」

「はー、立派になったもんだ。つかお前、ゆうべどこ行ってたんだ、あ？」

昨夜遅く。コンビニに寄ってから帰宅すると、姉に出くわした。

時間も時間だったので話は翌朝、と切り上げたが、どうもそれがご機嫌ななめの原因だったらしく。

「アタシ帰ったらさ、家ン中空《から》っぽでめっちゃ寂しかったんだからな〜〜〜!!」

うっすら涙目になって、四十代も半ば近くの美魔女が叫ぶ。

「いろよ!!　家に！　おかえりなさいって言えよ〜!!」

「……姉さん。それはさすがに……」

まあこういう人なのだ、と佐藤は姉を理解している。

キリッとした雰囲気、顔立ちからヤンキーっぽい勝気な女性、頼れる女……と見られることが多いが、実は意外と繊細である。特に身内が大好きで、ハブられると泣く。

結婚してからは、その執着の対象も新しい家庭に向いていたのだが。

(戻ってきて以来、時々こうなるんだよな)

姉夫婦の事情を、佐藤は何も知らない。

別居か死別か。

まだ甘原姓を名乗っている以上、離婚はしていないはずだが――。

訊《き》けば教えてくれるだろうが、踏み込んでいいものか。距離感がいまいち摑めなかった。

「昨夜はちょっと、ストレスが溜まったので……」

一日言葉を切り、少し考えてから続ける。

「バッセンで汗を流して、コンビニでビールとつまみを買って帰ってきたところで姉さんと鉢《はち》合《あ》わせしたんです」

「ああ、そのちょい前かな。光莉が帰ってきたの」

「出かけていたんですか、光莉さん。私が帰った時には寝ていたようですが」

「アタシが誰もいない家に帰ってからすぐ、アンタが戻るちょい前くらいかな。こんな夜中にどこ行ってたんだって訊いたらさ、ダンジョンで配信してたんだと」

「は？　……夜中に、ですか？」

佐藤の帰宅直前といえば、日付も変わった真夜中だ。

終電も終わり、女性が出歩く時間帯ではない。危険すぎる、と佐藤は眉をひそめた。

「危ないでしょう。止めた方がいいのでは」

「アタシもそう思う。けど今時稼ぎがいい仕事といや、配信者《ライバー》だ」

冒険者、中でも配信者は現代の夢だ。

学歴、年齢、立場にかかわらず実力と運で成り上がれる、という。

（まさか光莉さんもそうだったとは。……いや、今時の若者なら当然なのか？）

円安、不景気、将来への不安。ストレスに晒《さら》される現代社会だ。

若者が冒険者、配信者として人気者になり、一攫千金《いっかくせんきん》を夢見るのは当然だろう。

「ちなみにこれが娘のチャンネル。ゆうべ聞き出したんだけどね？」

「……配信界隈《かいわい》は、あまり詳しくありませんが」

　担当は鵜飼《うかい》だ。佐藤の仕事は昔から続く書店巡りや広告関係の営業が主《おも》で、あまり配信者に直《ちょく》で絡《から》んだりしなかった。知識は無関心な一般大衆程度、なのだが。

「この登録者数は、多い方……なんですかね？」

　姉のスマホに表示された動画サイトのチャンネルは、登録者数およそ一五〇〇人。

　多い方なのか少ないのか判断しづらいが、普段鵜飼が仕事で関わる相手は、チャンネル登録数十万！　などが珍しくない。

「調べてみたかぎり、かなりショボいよ」

「だよなあ……」

　思わず素に戻って言いながら、佐藤はやや冷めたコーヒーを飲み乾した。

　スマホを挟んだ気まずい沈黙を破るように、姉が言葉を続ける。

「娘が夢を見て、やりたいことをやろうって時にさ」

「……はい」

「ただ止めるような親に、アタシはなりたくないんだよ」

　娘の夢を応援したい気持ちと、やはりその身が心配だという親心。

　どちらも大切だという想いが伝わってくるような顔に、佐藤はしんみりと頷《うなず》いた。

「姉さん……」

たまにはいいこと言うな姉ゴリラ、と内心思った矢先。

「だから、アンタが止めて」

「憎まれ役だけ押しつけないでくれます？」

これだ、と思った。世の弟というものは姉にこうして使われる。

とはいえ共感してしまった以上、無視するわけにもいかなくて。

「今日はもう出社しますが……後日、光莉さんと話してみます」

「わかった。けど今すぐとかずいぶん早《はえ》ーな。朝飯食ってかないの？」

トーストくらいすぐ焼けるけど、と冷蔵庫を開ける姉に、

「コンビニにでも寄りますよ。気を遣《つか》わないでください」

素《そ》っ気《け》なくそう答える。食というものを蔑《ないがし》ろにしているわけではないが、仕事優先だ。

自室とリビングを数度往復して支度《したく》を整えると、玄関を出て。

「………」

入りきらない靴、地面を爪先でとんとん蹴りながら、二階を見上げた。

カーテンが閉めっぱなしの窓が、ふたつ。ひとつは佐藤の自室、その隣が――、

(居心地悪いだろうなあ)

年頃の娘が、自分のようなおっさんと壁一枚隔《へだ》てた隣で寝起きとか。

四六時中気が休まらないに違いない。やはり忙しいとか理由をつけて先延ばしにせず、部屋

を移るなり引っ越すなりすべきだろう。そんな風に思ってから、ふっとその視線を外した。

早朝、雀《すずめ》が鳴く街中を最寄《もよ》り駅へ向かって歩き出す。


視線を外す直前。

姪《めい》の部屋、閉じたカーテンがわずかに揺れた気がした。


（姉さんたちと再会した日のことを、思い出す）

ある日の真夜中、インターフォンが突然鳴った。

何事かと思いながら佐藤がドアを開けると、そこに——久しぶりに会う姉と、姪がいて。

（まるで、捨て猫のようだった）

シングルマザーということもあり、金銭面でそうとう苦労したのだろう。

記憶にある姉の朗《ほが》らかな笑顔や、赤ん坊だった光莉のふくふくとした様子とは真逆。瘦《や》せて、服装もどことなく汚れ、互いを支え合うように立つ姿は、ひどくやつれて見えた。

（……姉さん？　と）

第一声は、曖昧《あいまい》な疑問形だった。

目の前の相手が姉と姪だと理解しながら、記憶にある印象との乖離《かいり》が疑問符をつけさせた。

両親は既《すで》に亡く、葬儀も相続も終わっていて、孫の顔を見せに来る必要はなく。

結婚して姓が変わり、旦那と共に遠方へ転勤して以来十数年。年賀状のやりとりはあるが、ほぼ没交渉だった。大人だしこんなものか、と寂しく思ったのを覚えている。

『ごめん。……ただいま』

姉の泣き顔を、初めて見た。

幼い頃、いつも佐藤を引っ張って遊びに連れていってくれた姉が、ひどく情けない顔で。

手を繋いでいる姪らしき少女も、隣でひっそりと立ったまま、暗い面持《おもも》ちで俯《うつむ》いている。

まるで叱《しか》られる前の子供のように。次にかけられる言葉が辛《つら》いものだったとしても、心を壊されないように。

必死に耐えているような顔に――、

『おかえりなさい。どうぞ』

『『……!?』』

佐藤の言葉を耳にした瞬間、ふたりは声もなく驚いていた。

導くように玄関を開ける。仕事明け、晩酌の最中だった佐藤はまったくもってラフな格好――十年も前に買って毛玉だらけとなった安物の部屋着姿だったので、やや恥ずかしかったが。

『お腹《なか》は空《す》いてますか。残り物しかありませんが』

『……入って、いいの？』

『当たり前でしょう、姉さん。風呂ならこれから沸かします、少し時間が……』

言いかけた言葉を遮《さえぎ》るように、笑顔が弾《はじ》けた。

『ありがと〜〜〜〜〜〜っ!!』

『ちょ!?　苦しいですよ！　姉さん……ッぐは!!　骨が！　折れるッ……！』

感極《かんきわ》まって抱きつかれ、肋骨《ろっこつ》がミシミシ軋《きし》んだ。

我が姉ながら、灯里は己《おのれ》のゴリラぶりを自覚すべきだと佐藤は思う。

無敵の怪力ゴリラパワー。十数年経《た》っても健在で、抱きしめるというより最早サバ折りの勢いだ。一見感動的なシーンだけに横で見ていた光莉も止めてくれず、死ぬかと思った。

『ありがとう……ありがとう、おじさん……だよね!?　あの……あたしのこと、覚えてる!?』

『覚えてます!!　覚えてますから、止めてください、このゴリッ……ごはっ!?』

『何大袈裟《おおげさ》に言ってんのよ、照れてんの？　もっと強く抱きしめてあげるわ、オラッ！』

『だから死ぬ!!　死ぬって言ってるでしょうが！　あがががが……！』


……最寄り駅までの道すがら、そんな記憶を思い返していると。

「光莉さんは、姉貴に似なくて良かったですね。……マジで」

ゴリラ二頭はさすがにキツい。姉ゴリラだけならまだ何とかなるが、姪までゴリラだと家が自宅というよりゴリラの檻《おり》だ。もはや対抗策がバナナしかなくなってしまう。

とはいえ、そんな年頃の姪との距離感に悩んでいるのも確かで。

(どう話したり、接したりしたらいいものか。……わからない)

配信者をやっているというのも初耳だし、真夜中に外出しているというのも心配で。

止めねばならないが、頭ごなしに否定するわけにもいかない。話し合う必要があるのだが、
どうやって切り出せばいいものか。やはりパワポか、パワポで説明すべきなのか?

「……昔のゲームみたいに、選択肢が表示されれば大助かりなんですが」

何度頭を捻《ひね》ろうと、答えは湧いてこないまま。佐藤はひとまず出勤するのだった。

*

およそ三十分後――。

都内某所、冒険書房営業部オフィスに入ると、若い女の匂いがした。

(……セクハラになるから言わないが)

やや、臭《くさ》い。

出勤時間、電車でおよそ二十分はかなり恵まれている、と佐藤は思う。

都内の実家住まいというアドバンテージは短時間での通勤を可能とし、安月給で遠方にアパートを借りるより、金銭的にも時間的にもかなりの余裕をもたらすのだ。

　とはいえ、そうしたもののない新人社員——家賃の問題から、借りている部屋がやや遠くにある鵜飼《うかい》など、仕事が立て込んだ時は帰宅を諦め、会社に泊まり込むこともままあって。

「しぇんぱい……。おはようごじゃりまふゅる……」

「おはようございます。徹夜ですか」

　コンビニで調達した食料を自分のデスクに置きながら、佐藤は隣席に目をやった。

　鵜飼円花《まどか》。大学在学中はミス何とかに選ばれたとか聞いた気がするが、覚えていない。とにかく普通に考えれば美人で通用する女が、机に突っ伏したまま——微妙に汗臭く、頬に腕時計の跡までくっきりつけて挨拶《あいさつ》してくるのに、かなり引いた。

「《べりぐっど》……謝罪会見……炎上……スポンサー激おこ……。メールメールメール……。お詫び……。誠意……このたび……このたびわぁ……!!」

「落ち着いてください。食べますか？」

　深夜まで対応に追われていたのだろう。【至急】だの【緊急】だのと嫌なタイトルが並んだメールソフトを何度も更新する新人社員に、一度自席に置いたコンビニのレジ袋を渡す。

「いいんでしゅか!?　せんぱいの朝ごはんでは……」

「一食抜いたところで死にはしません。食べたら仮眠をとって、着替えるといいですよ」

「夜、会社のエアコン、止まるので……。臭《にお》います、やっぱり？」

「すこし」

すんすんと自分の襟《えり》や腋《わき》のにおいを嗅《か》ぐ鵜飼に、佐藤は呆れる。

（責任感が強いというか、損するタイプというか）

だが妙に図太く生命力があるので、ギリギリ何とか耐えているようだ。

これで今時の女子らしくもっと繊細な性質だったら、とっくに辞《や》めるか病《や》んでいる。

「おにぎり……嬉しい。スポーツドリンクも。先輩、ツナマヨ好きなんですか？」

「ええ。どこにでも売っているのがいいですね、まず外れがありませんから」

鵜飼のうっすら汗ばんだブラウス越しに、黒っぽい下着が透けている。

セクハラを恐れ、佐藤はすっと視線を逸らす。幸いにも鵜飼はツナマヨおにぎりの包装を剝《は》がすのに夢中で、そんな佐藤にまったく気づいていなかった。

「というか《べりぐっど》の代わり、どうしましょう……？」

「DOOMプロにでも依頼したらどうです？　最大手なら炎上の心配もないでしょう」

「ウチのクソザコ営業力じゃ連絡すら取れませんよう……」

「……それはそうですが、一応自部署のことなので外では言わないでください」

中小企業の悲しさで、ぶっちゃけ予算もろくに出ない。

唯一《ゆいいつ》の紙媒体、冒険者・ダンジョン専門情報誌を出しているというアドバンテージこそあるものの、この電子化のご時世ではいまいち主流にもなり切れなかった。

「雑誌の売り上げを伸ばすために、拡散力のある配信者に依頼して……」

「そして報酬が安いので断られる。ここまでが定番の流れですからね」

昔、それこそ佐藤の若い頃ならまだ違った。

(名刺を出せば、一発だった時代もあったが)

一般市民が情報を発信する術《すべ》のない時代、むしろメディアに『載《の》せてください』と頼まれることも珍しくなかった。しかし時を経《へ》るごとに徐々に風向きは変わっていき、今となっては立場は完全に逆転している。

(SNS、動画サイトで発信力を持つ配信者は《強い》)

朝食と別に買ってあった缶コーヒーで空腹をごまかしながら、佐藤は思う。

(今や出版、テレビ……メディアがお願いして案件を出させてもらう側《がわ》で)

替わりになる配信者を獲得するだけの予算もない。

(やらかした《べりぐっど》の穴を埋めるには、どうしたものか)

早急《さっきゅう》に見つけなければスポンサーの広告離れ、掲載予定だった目玉企画が飛んだことから売り上げ低下の最悪コンボが繋がったあげく、営業部の失態扱いで叩かれてしまう。

「ウチの予算で請《う》けてもらえて、かつ数字持ってる配信者。いませんかね!?」

「そういえば、うちの姪っ子も配信を始めたそうですが」

追いつめられた鵜飼が、蜘蛛《くも》の糸に縋《すが》ったカンダタみたいな顔をした。

「……登録者数、お聞きしていいです？」

「せんごひゃ……」

「すいません、無理です」

（なら聞くなって）

内心思ったものの、ある意味無理もない気もする。

さすがにチャンネル登録一五〇〇人では桁《けた》が足りなすぎる。その十倍、百倍は欲しい。現時点で一般人としてはそこそこでも、収益化できるレベルには程遠かった。

「はぁ……。これからガンガン上がる感じの有望株、どこかにいないかなぁ」

「そんな美味《おい》しい人材、大手がとっくに声かけてると思いますが」

「そうなんですけど～……!!　《新宿《しんじゅく》バット》さん、返事くれないかなあ!?」

聞いたことない名前だな、と佐藤は思った。

返信来い来いとメールソフトを拝み倒している鵜飼に、そのまま疑問をぶつける。

「《新宿バット》？」

「昨日、界隈《かいわい》で少し話題になったんですよ。ニュースになるほどじゃないんですけど、初配信で登録者一万人突破。大手のバックアップなしの個人勢としては異例の初速ですね」

「へえ……」

見てください、と言わんばかりに鵜飼が身を乗り出し、スマホを突きつけてくる。

徹夜明けでハイになっているせいか、やたらと距離が近かった。

（だから、詰め寄りすぎなんだって）

とはいえこれが難しい。無意識だけに、注意して逆に「セクハラです！」とか言われた場合。

三人だけの営業部、女がふたりに男はひとり。確実に2対1で敗訴である。

（迂闊《うかつ》に言わない方がいいか。……画面だけを見よう）

佐藤も見慣れた動画アプリ――チャンネル名《新宿バット》、登録者数一万人。

アイコンはいかにも素人《しろうと》の手描きという感じのイラストで、金属バットでドクロを打っている図案。

過去のライブ配信は昨夜の一本しか投稿されておらず、確かに初配信だったようだ。

「この人、何をしたんです？」

「初配信、初深層。おまけにSSS級モンスター、《金剛石の大蛇《ダイヤモンドボア》》ソロ討伐です！」

――あれ？　佐藤は一瞬既視感《きしかん》に襲われた。

昨夜、《金剛石の大蛇》、新宿に、バット？

出てくる単語がことごとく彼自身と紐《ひも》づけられるものばかりだ。

（しかし配信なんか絶対しませんし）

ダンジョンではテンションが上がってるとはいえ記憶は確かだった。

承認欲求など皆無。脚光を浴びるなど拷問《ごうもん》。若者文化に交ざろうとするおっさんの痛さを、じゅうぶん理解できるだけの分別はあるつもりだ。どれだけ酒に酔おうとも、配信してやろうなんて気の迷いを起こすことはありえない。

きっと他人の空似だろう。そもそも《金剛石の大蛇》の効率的な討伐法を突き詰めていったら、誰だって似たような結論に行き着くわけで――。

佐藤は、そう考え、頭のなかに浮かんだ疑念を消した。

そして、会話を続ける。

「ああ、あの蛇。……そんなに騒ぐほど強いんですか？」

「佐藤さん、ほんと詳しくないんですね……」

残念そうな顔をされたが、知らないものは仕方ない。

自分の無知に悪びれることなく平然としている佐藤に、鵜飼はどこか得意げに言った。

「前《べりぐっど》がボロ負けしたモンスターですよ？　防御スキル《ダイヤモンドパワー》持ちで物理ダメージ九〇％カット、一流冒険者が最低二十人がかりで挑む強敵です」

言いながら鵜飼はアプリをホーム画面に戻し、他の動画をタップした。

ある者はSF、ある者はミリタリー、ある者はファンタジックな装備を着込んで。若者たちが必死の形相《ぎょうそう》でダイヤモンドの鱗《うろこ》を持つ大蛇に挑み、派手な戦いを繰り広げている。

（へえ、世間じゃ、こいつってそんなに強いと思われてるのか。弱点がバレてないからか？）

一進一退の攻防。なるほど迫力のある動画を眺めながら、佐藤は思った。

（《ダイヤモンドパワー》は強力な防御スキルだが、致命的な弱点がある）

宝石状の鱗は凄まじい硬度を誇り、武器や魔法を弾《はじ》いてダメージをカットする。

言わば無敵の鎧《よろい》、だが――どれほど頑丈な鱗に覆われようと、その内側は生身だ。

（固いのは外側だけ。衝撃は伝わるし、吹っ飛ばし《ノックバック》も効く）

位置エネルギー……落下や全身への衝撃、激突ダメージは有効なのだ。

ハンマーのような打撃武器は効かない。人間が扱えるサイズのものでは、衝撃が分散してしまう。だが高所からの叩きつけや壁への激突は、自身の重量が仇《あだ》となって必殺となる。

全身を強く打って即死――ありふれた交通事故みたいなそれが、怪物打倒の最善手。

（世間にそういうスキルがあるのかどうかは知りませんが、楽な相手ですね）

一発カッ飛ばせば死ぬ。デカいだけで難易度は低い、スローボールのような相手だ。

行きつけのバッセンから潜《もぐ》れる範囲では強い方だが、面白みに欠ける。

「というか、九〇％カットとかその数字、どうやって出したんですかね」

「鑑定系のスキルを持つ、いわゆる《スカウター》系の冒険者さんが頑張ってるらしいです。いるんですよ、モンスター図鑑とかスキル大全《たいぜん》とか作りたがる人たちが」

「……一昔前なら、ウチから書籍化してますね、間違いなく」

今やヘタに紙媒体にするよりも、自サイトで公開したり電子販売した方が儲《もう》かるので、誰も書籍化なんかしたがらない。

そう思っていると、鵜飼はどこか羨《うらや》ましげにスマホを覗《のぞ》きながら言う。

「普通、配信者さんって冒険のあとにリザルト動画を出すんですけど、この人それもしないんですよ。今時珍しい硬派な冒険者じゃないか、って評判になってますね」

「拾ったアイテムとかコインを見せびらかす、アレですか」

「そうですけど、もうちょっと夢ある感じに言いましょうよ〜……。《金剛石の大蛇《ダイヤモンドボア》》とか、レアドロップもありますし。出たらすんごいいんですから」

決算動画《リザルト》は、冒険者界隈の定番のひとつだ。

配信を終え、冒険をクリアした直後や翌日に撮ることが多く、その冒険で得た宝物や金貨、マジックアイテムなどを発表し、日本円に換算した金額を発表したりする、のだが。

「レアドロップ……マフオクで千円くらいですか？」

「そんな安いわけありませんよ!?　宝石としての価値はないですけど、魔法の触媒《しょくばい》になりますから」

へえ、と思わず佐藤は唸った。

「似たようなのが前マフオクに出てましたが、売れませんでしたね」

何せ出したのは自分なので、よーく覚えている。

ストレス解消に打ちに行くたび、金貨だの武器だの素材だのが溜まって困るのだ。

まとめて物置に突っ込んでいるがなんとも邪魔で、処分しようとしたものの。

「詐欺《さぎ》として通報されまくり、アカウントが停止されました」

「あはは。絶対偽物《にせもの》ですよ、それ」

まさか話してる当人の実体験とは思わず、鵜飼がからからと笑う。

「最初期、転売とか偽物を使った詐欺が横行《おうこう》したらしくて。そういう高額ドロップ品は、冒険者協会公認のネットオークション以外出せないんですよ。怒られちゃいますからね」

「なるほど」

道理でＢＡＮを喰らうわけだ、と思った。

一応本物なのに残念ではあるが、そういった理由があるなら従わざるを得ない。

（公認オークションを使うには、登録する必要があるし）

当然のことながら冒険者協会に届け出て、資格を取らないと冒険者にはなれない。

試験そのものは原付免許並みに簡単らしく、ちょっと調べれば出てくる過去問を丸暗記したり、参考書でちょっと勉強すればまず受かるそうだが、ちょっと面倒くさすぎる。

（だいたい、うちの会社、副業禁止だしな）

半分ブラック企業とはいえ、もう二十年近く勤めているのだ。

四十過ぎて転職活動とか嫌すぎるし、履歴書の書き方すら忘れかけている。

（結局、俺にとってダンジョン通いは……《趣味》だ）

新宿歌舞伎町《しんじゅくかぶきちょう》ダンジョン《大侵攻》が起きたあの日から現在までなんとなく続いている、ただの趣味。

（モンスター、生きた球を打てるバッセン程度のものでしかなく）

飲み乾したコーヒーの缶をデスク脇のゴミ箱に捨てる。

スリープ状態で置いてあったPCを立ち上げ、今日の仕事の段取りをつけながら。

（人助けだの攻略だのに今さら夢中になれるほど、若くもない――）

頭の片隅でそんなことを考えていた、その時だった。


「佐藤、鵜飼！」

バン、と軽めに机を叩く音がして、思考が中断される。

視線を向けた先には、いつのまにか出勤してきたらしい上司がいた。

徹夜明けの鵜飼と違ってきちんと家に帰ったらしく、服装も化粧も整っているが。

（微妙に疲れてるな。メイクがいつもより濃い）

顔色をごまかすためだろう、ファンデを厚めに塗っていた。

「は、はい！　どうかしましたか、部長《や》？」

「おはようございます。机を叩くのは止めてください、パワハラになりますので」

慌《あわ》てて答える鵜飼、マイペースに答える佐藤に、上司は深く息をつく。

「すまない。……《べりぐっど》の謝罪会見、見たか？」

「あれは謝罪と言わないでしょう」

「会社で観《み》ながらブチギレてました」

「私も晩酌のワイン噴いたわ。もうあのクソガキどもはダメだ、切る」

カッとなるのも当然だな、と佐藤は思った。

営業部に与えられているスペースは狭い。日々隣の編集部に圧迫される中、外回りの時や大《おお》雑把《ざっぱ》な月の予定を書き込むホワイトボードに、上司は容赦なく真っ赤な《×》をつける。

「……今月、来月あたりまで《べりぐっど》推しでいくはずだったんだが……」

「営業部《ウチ》もそうですが、編集部《トナリ》もヤバそうですね」

WEB上の記事ならリアルタイムで修正できるが、紙の媒体はそうもいかない。

パーティションを隔てた向こうでは騒ぐ気力もないのか、無言でペチペチとキーを叩く音、たまに幽霊じみた声の電話での会話などが聞こえてくるだけで、まるでお通夜《つや》のようだった。

「予定が吹っ飛んだからな。イベント中止も本決まりになった」

記事は差し替え。広告、チラシ、イベント、グッズなど、すべての予定に×がつく。

（損害賠償その他、えらいことになるぞ……。やっちまったな）

佐藤がざっと概算しただけでも、七桁《ななけた》が動く。

冒険書房が関わっているものだけでそうなのだから、総額はもっとひどいだろう。

「けど、なんであんなことしたんでしょうね？」

不思議そうに鵜飼が言った。

「ギルドの公式ランキングトップ10からは脱落しちゃいましたけど……それでも攻略トップ層、野球で言うなら一流プロ球団のスタメンみたいなものでしょう?」

収入、社会的地位、どちらも旧時代のスター選手並みだ。

炎上の原因となった《養殖》――ダンジョン内でモンスターを大量に集める行為自体は以前からやっていたようだが、バレたきっかけは特に強引なやり方をしたからだった。それまでは集めてもすぐに狩れる程度のモンスターを厳選していて、人目につく前に自分たちで始末していた。

身の丈《たけ》に合わない相手を不用意に集めるのは、実力や実績が足らない冒険者が焦《あせ》り、危険を無視して手を出すやりくちなのだが。

「噂だが、《金剛石の大蛇《ダイヤモンドボア》》討伐失敗からの流れが尾を曳《ひ》いてるらしい」

最近《べりぐっど》が音頭を取って複数パーティとコラボ、深層攻略に挑戦したらしい。が、結果は大失敗。討伐どころかあっさり全滅し、無様なやられっぷりが切り抜かれて拡散され、そうとうなイメージダウンになったらしい……とのことだった。

「その動画は観てませんが、失敗の原因とかは?」

「あ、私観ました。何と言いますか……」

ダメなところしかなかったですね、と鵜飼は言った。

「コラボした人たちと仲悪い感が隠しきれてなくて。ギスギス感が……」

「……ああ、それは失敗しますね、間違いなく」

実体験に照らしても、破綻《はたん》確定の案件だ。

（せめて、お互い連携できれば多少はマシになるんだが）

納期がキツかったり条件がややこしかったり恋愛がもつれたりこじれたり。

その手のトラブルで人間関係が壊れると、どんな仕事も難易度が爆上がりする。

失敗するべくして失敗したのだな、と佐藤は思った。同情の余地はないが。

「もともと、適正レベルを外れた無茶を重ねて登録者数を増やしたグループだからな」

「再生数の多い動画のタイトルが【浅層《せんそう》突破ＲＴＡはっじまっるよー！】ですしね……」

「うまくいったんですか、それは」

「ガバチャーに次ぐガバチャーでしたけど、有能助っ人に頼りまくって何とかした感じです。

そこが面白いって評判になったのが、成り上がりのきっかけみたいなものだったので」

もともと実力が足りていなかったのだろう。

最初は忍耐強い助っ人の尽力《じんりょく》もあって何とかなり、成功したからヒーローになれた。

しかし幸運は一度きり、二度はうまくいかなくて。

「自分たちだけならともかく、周りを巻き込んだからな。ミスした結果叩かれた」

「当たり前と言えば当たり前、ですが」

「だな。次は失敗できない、その重圧に耐えかねて実力アップを許ろうと無謀な養殖を仕掛けてバレた。そういう流れらしいが、私個人としては連中の性格が最悪なだけだと思う」

（わかる）

さすがに口には出さなかったが、上司の意見に佐藤はしみじみ頷いた。

そもそもコラボした他の冒険者とうまくやれていれば問題すら起きなかったはずだ。博打で損を取り返そうと大きく賭けて負けたような、そんな馬鹿げたミスに感じる。

「だが、それでもウチとしては案件を振れる貴重な配信者だった」

そんなのが頼りな時点でダメダメなのでは、と佐藤は思った。

「佐藤、鵜飼、急いで〝これから来そうな〟配信者を探してこい！　《べりぐっど》の代わりが見つかるまで、当分残業が続くと思ってくれ。悪いがな」

「は？」

ピシリ、とこの空間に亀裂が入った音がした。

もちろん佐藤の気のせいだが、そのくらいショックなお達しだった。

「本気ですか。……どうしろと？」

「無茶を言ってるのはわかるが、とにかく対策を講じないとウチの会社、潰《つぶ》れるぞ。紙面の穴埋めはもちろん、広告主《スポンサー》とコンビニ各社を納得させせないと、ことごとく手を引かれかねん」

そうなってしまえば詰むのは素人《しろうと》でもわかる。

一般書店に卸《おろ》している出版物の売り上げはそこそこで、派手に儲《もう》かるわけでもない。実質赤字で、コンビニに置いてもらっている雑誌の売り上げとそれによって得られる広告料は、冒険書房の命綱《いのちづな》のようなものだった。

「もちろん私も手を尽くす。……キツいが、頑張ろうな」

覚悟を決めた上司の顔に、勘弁してくれ、と言いたくなる。

ダメだ、嫌でも逃げられない。残業？　おお、なんと忌《い》まわしい言葉。定時退社という信条がガラガラ崩れていく、ブラック勤務の呼び水。嫌だ、嫌すぎる……が。

「……わかり、ました……！」

「頼む」

話は終わりなのだろう、上司がデスクに戻る。

鵜飼もどこか心配げに見上げてきたが、佐藤はそれどころではなく。

「１……。いや、２……か」

「？」

やり場のない怒り、急激なストレスを自覚しながら。

佐藤が指折り数えていると、鵜飼が不思議そうに首を傾《かし》げた。

③ 姪っ子と親友と万バズ

東京都内某所　某都立高校某教室
〝甘原光莉〟

「おじさん、さいっこ――っ!!　もうマジ愛してる！」

「パパ活かな？」

佐藤《さとう》が残業宣告に苦しんでいるのと同日、同時刻。

朝の教室の片隅で、制服姿の少女がふたり、こっそりと身を寄せ合っていた。

「つかダメでしょ、無断配信で晒《さら》すとか。速攻バレて怒られると思うんだけど」

隣り合った席同士。お互いに椅子を近づけて、ひとつのスマホをふたりで見る。

ひとりは甘原光莉《あまはらひかり》、可愛いケースに入れたスマホは彼女の私物だ。

もうひとりは地味っぽい眼鏡の女子、小野都子《おのみやこ》――通称ミヤ。

付き合いは長くない。光莉の転入時、たまたま席が隣だったのがきっかけで、第一印象こそお互い良くなかったものの、今やすっかり打ち解けて、親友となっている。

（性格はまるで合わないけど、それがいいんだよね）

光莉はいわゆる陽キャだと自覚している。対する彼女は見事な陰キャ。

本来なら反発し合いそうなものだが、大きな共通点があって。

「え～、大丈夫だよ。だから一緒に冒険しよ？　絶対楽しいってば！」

冒険配信に興味あり。知ってすぐ、ふたりでチャンネルを立ち上げた。

（絶対かわいいと思うんだけどな～。もったいないよね）

ルックスと怖いもの知らずな性格、高いモチベーションを生かして前に出る光莉と。

「何度も言うけど、私は裏方志望。技術スタッフとか興味ある」

技術的なことに興味を持ち、さまざまな設定や知識に通じた彼女。

ふたりが立ち上げたチャンネルは、始めたばかりということもあって登録者数はイマイチだ。

その手の数字に詳しい彼女に言わせれば「上出来の部類」らしいのだが……。

（まだまだ！　まだまだだよね、収益化できないしっ！）

数字が欲しい、それもあわよくばバズりたい光莉。

そんな彼女の運命を大きく変えたのが、昨夜の突発配信だった。

「大急ぎで新チャンネル立ち上げろとか無茶苦茶だし。やったけどさ」

「ホンッとまじありがとう。よく間に合ったよね、ロゴとか」

「趣味レベルだよ。ヒカリに聞いた情報から適当に描いただけ」

すごくないよ、とあっさり言う親友に、いや絶対すごいから、と光莉は思った。

ふたりの共同チャンネルとは別枠の新チャンネル。

昨夜の突発配信では適当につけた名前のみ、ロゴはおろか最低限の編集すらしなかった。が、
事情を聞いた彼女が数時間で最低限の体裁《ていさい》を整えてくれた結果――。

「バズったのはいいけどさ。も一度訊《き》くけど、おじさんにバレたらどうすんの？」

「おじさんは若者文化を浴びると共感性羞恥《しゅうち》で死ぬ体質だからね！　配信とか絶対見ないし、
バレないバレない」

「……青春アレルギーかあ。生き辛《づら》そだね、ヒカリのおじさん」

仲良しの子猫じみた距離感でくっつきながら、ふたりはひそひそと話し合う。

「一応調べてみたんだけど」

スマホの地図アプリ――封鎖された新宿歌舞伎町《しんじゅくかぶきちょう》ダンジョン、間近のバッティングセンター。

渦巻きのようなロゴを指しながら、彼女は光莉に囁《ささや》きかける。

「このバッセン、十八年前に被災してるんだって」

「《迷宮災害》ってこと？」

「その二次災害、迷宮からモンスターが溢《あふ》れた《大侵攻》ってやつ」

突然の悲劇だった、誰にも予想できなかったのだ、と教科書にはある。

それ以前に起きていた《迷宮災害》の発生と共に、ダンジョンは警察と自衛隊によって封鎖

された。閉じ込められた人を救出するために特別チームが編制され、試行錯誤を繰り返しながら挑戦してみたものの――、

今でこそ常識となった迷宮のルール、レベルの概念《がいねん》やスキルの使い方などがない手探り状態で、安全を最優先するやり方では、可能な限り戦闘を避けるしかなく。

迷宮はモンスターを生み続ける。

まるでそれが一個の生命体にして、社会性を持つ群れのように。安全優先で戦いを避け続けた結果、倒す数より増える数の方が圧倒的に上回って、ついに堰《せき》を切ったように迷宮から溢れ出したのだ。

「最盛期には今の二倍、新宿一帯がまるごと飲み込まれた……んだよね」

「そそ。警察と自衛隊が必死で戦って、なんとか今に戻したわけで」

それでも多くの市街地をそのまま封鎖するはめになった。

当時最も活躍した元警察・自衛隊出身の冒険者パーティは英雄となり、彼らの戦訓が現在の冒険者協会の核とされ、その名は《はじまりの冒険者》として今も語り継がれている。

「おじさんが通ってるゲートは、その名残《なごり》だね。封鎖した後も残っちゃってるの」

「よく知らないんだけど、それってよくあるの？」

「新宿一帯にめっちゃあるよ。冒険者が出入りするメジャーなとこは一部だけ」

ダンジョンと呼ばれる異空間への入り口、ゲートの発生条件はわかっていない。

また、その性質も千差万別で、冒険者のみが出入りできるもの、モンスターのみが出入りできるもの、一方通行のもの、あるいはランダムに繋がるものなどさまざまだ。

特に大勢が利用する拠点は要塞化され、受付用のカウンターや最新情報を配布するパンフ、武器防具や薬にアイテム買い取りまでこなせるようにできている。

「ヒカリのおじさんが使ってるのは、冒険者のみ出入り自由、深層《しんそう》直行のヤバいやつ」

災害《ハザード》マップ、ゲートを示す渦巻きのアイコンをタップする。

補足のように表示された『75~140Lv』は、このゲートから続く行き先を示していた。

「ちょうど深層と中層《ちゅうそう》のギリギリ、中間地点に出るみたいだね。出現地帯から進めば深層で、戻れば中層。ちょくちょく配信者も出入りするとこみたいだけど……」

「奥へ進む人はいない感じ?」

「攻略トップパーティでも無防備に突っ込んだら死ぬんじゃない？　そのくらいヤバいよ」

現環境の最高難易度、最前線直行。

そんなところへ単独で突っ込み、平気な顔をして戻ってくるおじさん――。

「どうしよう。うちのおじさんが無双すぎる」

「どっかのアニメみたいなこと言い始めた……」

とはいえ、あの大暴れぶりは《無双》としか言いようがない気がした。

（あんなに強いのに、なんでプロになってないんだろ、おじさん……）

正直もったいない気がする。ちょっと晒しただけで注目の的《まと》、初回配信同接一万人突破、と頭のおかしい数字を叩き出したおじさんが本気になれば、それこそ英雄になれるのに。

そんな思いを見透かすように、都子が光莉に囁いた。

「――あんたが大変な時に嫌な顔ひとつせず受け入れてくれた恩人でしょ。おじさん」

「うん……」

「そんな人を無断でネットに晒すのって、恩を仇《あだ》で返す感じだと思うんだけど。いいの？」

「う〜〜〜……！」

正論すぎて言い訳できず、光莉は苦しげに唸《うな》った。

「ダメだよ、ダメなんだけど……！　あの万バズのチャンスを捨てるなんて、もったいなすぎてっ！」

「まあ、大金が落ちてるみたいなもんだし、わかるけどさ」

配信者にとってバズは命だ。初回深層単独攻略、レイドボスワンパン討伐達成。

このインパクトはありえない。札束を積んでも絶対買えない現代の宝石、成功へのチケット。

モラル的には捨てなきゃいけない、わかっているだけに苦しんでいる。

「意地悪だけどさ、友達として言っとかないとって思ったから」

「うん……わかってる。ありがと、ミヤ」

反省をこめて光莉は言う。

そう、最初からそうすべきだったのだ……そう思いながら。

「ちゃんとおじさんに言う。ごめんなさいって謝る」

「それがいいんじゃない？」

「……とりま億稼いでから！」

「稼ぐんかい！」

呆れて突っ込む友達に、光莉は悩みながらも撤回はしなかった。

不誠実なやり方だと思う。ひきょうものー！　あほー！　と自分を罵《ののし》る声が聞こえる。が、
一刻も早い自立、寄生状態の解消や将来の学費を考えれば、どうしても諦《あきら》めきれない。

（そのためにおじさんを利用するって、めちゃくちゃ悪いことだけど～～～！）

罪悪感はものすごくあった。土下座して詫びを入れてもいいのだが、もし。

（もし、許してもらえなかったら？）

あの優しいおじさんに軽蔑のまなざしを向けられて、「出ていけ」などと言われようものなら。

（無理無理無理無理無理無理！　死んじゃう！　死ぬしかない！）

そんなバッドエンドを思うと怖すぎて、とりあえず先送りにするしかないし、それに。

（おじさんは、本当はすごいのにっ!!）

それにあとづけの言い訳じみているけれど、光莉としてはおじさんの凄さを他の人にも知っ

てほしい、見せつけたい、という気持ちもあった。

家に帰ってくるとき、おじさんはいつも仄暗《ほのぐら》い雰囲気を漂わせている。

会社で、通勤の行き帰りの道で、きっと何か嫌な目に遭《あ》ってきたんだろうって、顔でわかる。

そして自分を卑下《ひげ》する。かまってちゃんとは違うから、嫌味な感じで自嘲したりはしないけれど、言葉の端々《はしばし》に、細かい態度に、微妙な距離感に、おじさんの、自己評価の低さが滲《にじ》んでいる。光莉はそれを自虐なんだろうと悟り、受け止めていた。

たとえば光莉への距離の置き方も。ふつうなら自分は若い女性に嫌われるような存在なのだからと、不快感を与えないようにと一線を引いている気がする。光莉のほうは嫌いどころかむしろLOVEなのに。

優しくて、いい人なのに。あんなに自己評価が低くて身を縮めるように生きてる姿が、そういう姿勢を強《し》いてしまった社会の理不尽《りふじん》さに憤《いきどお》りを感じて。

おじさんはブラック労働で死んだ魚じみた目をする必要などない、超一流の実力者だ。

実力に見合った報酬がいくらになるか。もしもおじさんが渡米して冒険者になろうものなら、最低でも1億ドルは稼ぐだろう。それほど世界は力ある冒険者を、英雄を欲《ほっ》している。

(おじさんはすごいんだって、見てほしいのに。それって、わがままなのかな……)

そんな光莉の心の裡《うち》を見透かすように、友達はじっとりと呆れた目を向けた。

「いくらなんでも無理でしょ。内緒で配信続けるとか」

「おじさんの鈍感力なら、なんとかなる。信じてる！」

「嫌な信頼だぁ……。ま、顔とか個人情報の自動モザイク設定はしといたから」

冒険配信用のアプリに備わった基本機能だ。

ややこしい設定は必要だが、こうしておけばサーバー上に動画が送られた時点で自動補正され、たとえば許可を得ていない通行人や商標、顔出しNGの配信者などにモザイクがかかる。

「今後突発的に撮っても、サーバーに上がった時点で顔とか声はわかんなくなるよ」

「やった！　凄いじゃん、さすがネットに詳しい系女子だね！」

「褒《ほ》めてんのかな、それ……」

「めちゃめちゃ褒めてるよ！　収益化できたらきっちりお給料払うから！」

「期待しないどく。というかあんたのチャンネルだし、そういうのはいいよ」

「でも払うの、払いたいの！　……お金渡しておけば共犯だし？」

「聞こえたぞ。こら！」

きゃー！　と声を上げ、じゃれるように摑み合いを始める。その時、不意にスマホが震動した。

「あれ？　ちょい待って、着信来ちゃった。……おじさん!?　もしも～し！」

慌《あわ》ててスマホを取り、友達と距離を取って通話を繋《はず》ぐ。

電話の相手を慕《した》っていることが一発で伝わる弾んだ声と微笑みに、都子は呟《つぶや》く。

「やっぱ好きなんじゃん、おじさんのこと」

「しっ！　し〜〜っ！」

「……まあ、同じくらいお金が好きなんだろうけど……」

困ったことに言い返せない。

秘密を抱《かか》えた後ろめたさもあって固まる光莉の耳を、おじさんのイケボがくすぐった。

『今夜は残業です』

単刀直入、用件から入る。

外見こそ地味だが、おじさんはイケてると光莉は思う。

（特に声。めっちゃシブくて、ゾクゾクするっ！）

本人は絶対信じないだろうが、自分だけはおじさんの魅力をわかっているのだ。

『遅くなりそうなので、その連絡を……と思いまして』

「え〜、そうなの？　寂しいな、晩ご飯は？」

『夕食はいりません。打ちに……いえ、飲みに行きますので、適当に済ませます』

淡々とした語り口に微《かす》かな苛立《いらだ》ちを感じ取り、光莉の勘がぴんときた。

（言い間違い？　違うよね、打ちに行くのが本音なんだ。つ〜ま〜り〜……っ！）

ニヤマリ、と自然と口元が綻《ほころ》んだ。

自称子猫のごろごろスマイル。都子曰《いわ》く小悪魔スマイル。

「ほんとに可愛いからタチ悪いんだよなあ……」

「そこ、うっさい！　……ねえねえ、おじさん。スマホのＧＰＳ、使ってる？」

突っ込みを入れる都子を小声で制してから、蜂蜜のように甘く言う。

だが光莉が知るかぎり、その手の媚《こ》びや甘え声に佐藤はまったく反応しない。内心どう思っているのかいないのか、いつもの淡々とした役所の窓口係みたいな返事が返ってくる。

『持ち主の位置がわかる、アレですか。使ってませんが、何か？』

「遅くなるならオンにしといてくれると助かるな～。いつ帰るとかわかるし、あと」

電話の向こう、おじさんの顔を想像しながら。

渾身《こんしん》のおねだり、思いっきり甘く、心を蕩《とろ》かすようにスマホへ囁く。

「おじさんがいないと、寂しいんだもん。……ダメ？」

『……………』

光莉の脳裏に、佐藤の困った顔が浮かんだ。

ありありと想像できる。受け答えこそ素《そ》っ気《け》ないが、佐藤は姪にかなり甘い。

こうして思いっきりおねだりしてやると、よほどのことでないかぎり――。

『わかりました。そういうことなら、今後はつけておきます』

「ありがと～、おじさんっ♪」

当然、嘘である。正確には嘘が６で本音が４、寂しさがないわけではないのだが。

ＧＰＳをオンに誘導する企《たくら》みには、それ以上の下心があって。

『では、これで。勉強、頑張ってください』

「うん、おじさんもねっ♪　ばいば～いっ」

電話を切るなり、ものすごい顔で都子が睨《にら》んできた。

眉をしかめ、とんでもなく酸っぱい梅干しでも含んだような顔の理由は。

「にゅふふ、これでおじさんの位置がわかる……」

「この悪魔！」

「ニヤリ。緊急放送！　《新宿バット》ゲリラ配信予告～、っと！」

わざわざニヤリと口に出し、不敵な笑みを浮かべてＳＮＳに投稿する。

昨夜のうちに作っておいた公式アカウント。開設間もないわりにチャンネル登録者が流れてきているのか、すでにかなりのフォロワーを獲得している。

「いいの、告知しちゃって。おじさんがダンジョンに行くとは限らないでしょ」

「絶対行くよ。おじさんの声、微妙に生気がなくなってたし」

「そこ基準なんだ……」

今思えば、たまに帰りが遅くなる日があった。

飲みに行ってるとか接待だとか毎度理由をつけてはいたが、そのたびにやけに汚くなったスーツをクリーニングに出すよう頼まれる。靴も汚れて、何をしているのかと思っていたが。

（アレ全部、ダンジョンでしょ。とゆーことは、今日もだね。間違いないっ！）

呆れ顔の友達をよそに、わくわくと光莉はＳＮＳに見入る。

更新されたタイムライン。すでに投稿は拡散され、視聴者たちが騒ぎはじめていた。

【犬魔神】　マジ、今夜？
【マダオ】　連日投稿とか調子乗ってんな～。まあ見るけど
【小林はじめ】　面白そうじゃん　期待

「むふふふっ、あ～～～っ、楽しみっ♪」

返事を眺めながら、光莉はにっこりとほくそ笑み。

「今日は何を見せてくれるのかなあ。一緒に冒険できるね、おじさんっ♪」

噂され、佐藤がくしゃみをしたかどうかはわからないが。

ファンよりも甘い期待を込めて、光莉は軽くキスするように唇を鳴らした。

④たちの悪い男たち

同時刻　新宿歌舞伎町ダンジョン深層付近
〝べりぐっど〟

新宿歌舞伎町《しんじゅくかぶきちょう》ダンジョンの大半は、隔離された廃墟で構成されている。

迷宮災害で異世界に取り込まれたビル――ホストクラブからガールズバー、怪《あや》しげな風俗に飲食店まで。かつての歓楽街は無残な骸《むくろ》となって、怪物ひしめく危険地帯と化している。

探索が進み、マッピングが完了した部分のみでもその総面積はかつての数十倍。

異世界に奪われた歌舞伎町は、合わせ鏡の虚像のごとく無限に分岐。複製された空間を怪物どもが居住地となし、ヒトではなくなった、かつての被災者の姿すら確認されている。

「やっっぱ……ストレス解消にはコレだよなあ。スカッとすんぜぇ」

中層75Ｌｖ区画――《迷宮寺院《ダンジョンオブテンプル》》。

冒険者協会から立ち入りを制限されている特別区画は、通常のダンジョンとはがらりと違う。

どこか和風、時代劇を思わせる奇妙な建物が並び、出現する怪物も通常とは異なる。

その場にいる四人の冒険者。揃《そろ》ってイケメン、整った顔立ち、見目麗《みめうるわ》しい男たち。

リーダーと思《おぼ》しき男は革ジャンに銀のアクセサリー。一昔前のＲＰＧに登場するような装《よそお》い。

一歩間違えれば痛々しいスタイルが驚くほど似合い、モデルめいた格好良さを演出している。

他のメンバーもコスプレじみた装備だが、やはり雰囲気で痛さを消し去っていた。

「おお……おおおお……！」

「うるせーよ。デク人形が」

ゴリッ、とブーツの踵《かかと》が足元を抉《えぐ》る。

そこに倒れている無数の骸《むくろ》――まだ息のある者が放つ怨嗟《えんさ》の声を、リーダーは冷酷に聞き流す。

それは動く屍《しかばね》、いわゆるゾンビの類《たぐい》とは違い、明らかにヒトの姿をしていた。

「こいつらレイプはできねーんだっけ？　ヤッたら病気とかなんの？」

「知らね。ヤりたきゃヤれば？」

迷宮に魂を囚《とら》われた、かつての被災者の成れの果て――。

そう推察される迷宮教徒《ダンジヨンビリーバー》は、迷宮から産する武器や鎧《よろい》を被災当時のままの服とごちゃ混ぜに装着し、譫言《うわごと》を垂れ流しながら怪物と共に冒険者を襲う。

元が人間だけに戦闘能力は生粋《きっすい》の怪物より低いが、冒険者とほぼ同じスキルに目覚めており、厄介な切り札を持っている可能性もあって、侮《あなど》りがたい脅威だ……が。

「けど、ちょっとキモいわ。人間じゃん、どう見ても」

「おかげで誰も来ないから好都合なんじゃねーの。何、可哀そうとか言うクチ？」

盗賊風の男が気味悪げに教徒の骸を蹴るようにつつく。

リーダーの傍《そば》に立つ腹心《ふくしん》らしき男、前衛らしきマッチョなイケメンが大袈裟《おおげさ》に肩をすくめた。

「人間じゃねーよ、見た目だけ。ゾンビと一緒だろ？　いまさら何言ってんだか」

「まーね……。てかストレス解消もいいけどさ、ポテト。結局どうすんの、案件パーじゃん。SNSも炎上止まんないし、このままじゃヤバいでしょ」

僧侶風の男の言葉に、ポテトと呼ばれた男はフン、と鼻を鳴らした。

「くっだらねー。頭下げんのは簡単だけどよー。それってダサすぎじゃねえ？」

「クッソだせえのは確かだわな。このままじゃ舐《な》められっぱなしだろ」

「ああ。安全なとこから口だけのザコどもに媚《こ》びてられっかよ、クズどもが」

リーダー、ポテト。戦士風男、マッシュ。僧侶風男、ソルト。盗賊風の男、ビネガー。

名前は当然、本名ではない。配信者として印象に残るように適当につけた名だ。親しみやすく、明るい響きを伴う呼び名とは裏腹に、醸《かも》し出す雰囲気はやさぐれている。

イケメン冒険者PT《べりぐっど》はこの四人で構成され、過激な言動でちょくちょく炎上しながらも視聴者を獲得してきた。しかし、今回の炎上はいつものようには収まらない。

「深層のモンスターとか一匹倒すだけでもクッソやべえのに、レベル上げんのに何匹もやってられっかよ。リスク高杉《たかすぎ》だっての」

僧侶風——といってもRPG的なコスプレ紛《まが》いだ。少し年上だが落ち着いた雰囲気はなく、半グレのような荒《すさ》んだ雰囲気のソルトに続き、中性的なビネガーが相槌《あいづち》を打つ。

「そうだよね。中層《ちゅうそう》の雑魚《ざこ》モンスター集めてブッ殺す、効率いいじゃん。なんで炎上すんの？　みんなやればいいのに、ビビってるだけじゃん」

「スタンピード？　集めすぎっと暴走する？　ねえし、何度もやってっし。ワーオ！」

戦士風のマッシュがアメリカンな身振りで大仰《おおぎょう》に嘆《なげ》く。配信者としてのキャラ付けだが、視聴者がいない状況でもやるあたり、素《す》の癖《くせ》になりかけているようだ。

「おまけに新しく、ウゼェのも出てきやがったしな」

新宿迷宮はもちろん、多くのダンジョンでは5Gが繋がる。

何故か——迷宮化した場所は多くが元は市街地であり、異界の内部に取り込まれた基地局などがダンジョンの一部となったまま、その機能を維持しているのではと言われている。

故《ゆえ》にポテトが取り出したスマホ、動画アプリのチャンネルも繋がっていて。

「《新宿バット》……だとよ。目立ちやがって、クソが！」

配信アーカイブ、動画の中で無双するおっさんの後ろ姿を睨《にら》みつけ、ポテトが叫ぶ。

「このまんまじゃいらんねー。炎上が吹っ飛ぶような企画、やろーぜ」

「たって、何かアイディアあんの？　こいつらの退治動画とか出したらダメなんだよな」

「バズりそうだけどなー。残虐すぎるだの何だのでＢＡＮ喰らっちまう。だから別でいくぜ。やっぱこういう時はコラボだろ、それも大手と絡《から》むのがベストじゃね？」

あー、と納得したようにソルトが頷いた。

「いいんじゃね。確か今日、スイレンが配信やる日だぜ」

「そそそ。カワイイよな、凸《とつ》って絡もうぜ。炎上が吹っ飛ぶような大活躍……コレよ！」

ニヤリとポテトは笑い、少しずつ消えはじめた骸の山を目敏《めざと》く物色する。

消滅し、金貨やアイテムに変わっていく教徒たち。

いくつかが虹色に輝き、古びた宝箱《トレジャーボックス》になるのを目にして、ニヤリと笑う。

「配信《ライブ》の真っ最中……大ピンチのトップ配信者《ライバー》をカッコよく助けるとか、ヤバくね？」

醜《みにく》くイケメン顔を歪《ゆが》め、ポテトは言った。

⑤ 地味なおじさんと若い部下

東京都内某所　冒険書房玄関前

〝佐藤蛍太〟

「――3」

指折り数えながら会社の玄関を出ると、すでに真夜中だった。

時刻は夜の九時半。昨日と同じと言えば同じだが、徒労感が重くのしかかる。

「佐藤《さとう》さん、どうかしましたか?」

「覚悟はしていましたが、それ以上に腹が立ったな、と思いまして」

職場を離れ、最寄《もよ》り駅まで続く道路を並んで歩きながら、佐藤は鵜飼《うかい》にそう告げた。

「とりあえず《べりぐっど》と同格の配信者には軒並み声をかけましたが――」

「見事に全部振られましたね。『今時取材報酬なしとか、マジですか!?』とか」

「耳にタコができるほど聞きました。あちらとしては悪気はないんでしょうが」

ＭＰが削れる、ガリガリ削れる。マインドポイント、心のゆとりが減りまくる。

「人を使いたければ対価を払う、当然でしょうね」

数字を取れる人間に仕事をさせるなら、なおさらだ。対価を払うからこそそれに見合う結果が得られる。なのに我が社の悲惨な経営状態は、ただでさえキツい最中《さなか》に縛りプレイを要求するのだ。

「……コスパのいい人材以外使うな、ですもんね。予算厳しいのはわかりますけど」

「その結果、本来不要な残業をさせられていると思うと、やはり」

「「……はあ……」」

それ以上は口に出さず、横に並んだ鵜飼と一緒にため息をつく。

まだ残業代が満額出るなら我慢できる。だが上司も一緒とはいえ、不景気を理由にサビ残の今となっては、ただでさえカツカツの労働意欲がさらに涸《か》れてゆく気がした。

「どうしましょう。潰《つぶ》れちゃうんですかね、うちの会社」

「可能性はありますね。本格的にスポンサーが離れれば、かなりまずいでしょう」

とはいえ管理職でもないヒラ社員に、その責任があるはずもなく。

「求められた仕事はしています。背負うことはないですよ」

「それは、わかるんですけど……自分の担当のことだと思うと、つい」

「でしょうね。そういう時は、何か食べるといいですよ。気分が変わるので」

かつてとあるマンガで読んだ、おばあちゃんの名言。

「寒い、ひもじい、もう死にたい。不幸はこの順番でやってくるそうですから」

「暖かくして、ごはんをたくさん食べてれば、大丈夫……？」

「逆説的にそうなりますね。……ん？」

トテトテとついてくる鵜飼に歩調を合わせて歩いていると、ふと美味《うま》そうな匂いがした。

最寄り駅までのルート上にあるラーメン屋。行列ができる類《たぐい》の店でもないし、流行《はや》りの家系《イエけい》や二郎系《じろうけい》でもない。年金暮らしの老店主が半世紀前からやっている、化石じみた中華そば。

（あ。腹減ったな……）

ここのラーメンは町中華の定番、当たり前のような醤油味。

具はメンマにナルトに葱《ねぎ》少々とホーレン草、麩《ふ》が一枚にチャーシュー二枚が少しうれしい。めちゃくちゃ絶品というわけではないが、たまにビールと合わせると妙に美味《うま》いのだ。

「ありゃとやんした」

「ごちそうさま～！」

近所の住人だろうか。ガラガラとやかましい引き戸を開けて、男女のカップルが店から出てくる。腕を組みながらニコやかに歩く姿は幸せいっぱいという感じで、これがまた。

（……やばいな。シチュエーションでめちゃくちゃ美味そうに見えてしまう……！）

腹が鳴りそうだ。しかし同僚と一緒に歩く中、「俺ラーメン食ってくから、じゃ！」などと言って別れるのはコミュニケーション的にいかがなものだろう。

「あ、佐藤さん。ラーメン！　お詫びにおごりますよ、寄っていきませんか？」

「……いえ。そういうわけには」

その言葉に、佐藤の空腹が吹っ飛んだ。

彼女に悪気があるわけではない。それはわかる。だが年下の同僚、それも異性と近場で食事とか、想像するだに面倒くさい。知り合いにでも見られたらドンと倍率が跳ね上がる。

（おごられるのって、嫌いだしな）

他人の金で焼き肉が食べたい、とかいうネットミームがあるが、佐藤は苦手だった。

ブラック勤務において上司におごられる、ということは死ぬほど仕事を押しつけられるのとほぼ同義である。後処理の面倒くささを思えば、絶対におごられたくない。

「男女で食事というのもコンプラ的にNGですし、止《や》めておきましょう」

「……私たち独身ですし、そこまで気にしなくて大丈夫では」

「油断大敵ですよ。あなたは魅力的な女性ですから、特に気をつけてください」

「え？」

足を止めた鵜飼を残し、佐藤は歩みを速めた。

男女の距離感に無頓着《むとんちゃく》な後輩を窘《たしな》めるつもりで無自覚に発した言葉が、鵜飼円花《まどか》にどう伝わったのか、佐藤には知る由《よし》もなく、彼女の頬がほんのり赤らんだことにも当然気づかなかった。

「では、今日はこれで。お疲れさまでした」

「あ、はい。お疲れ、さま……です！」

返事に込もっていた熱に気づかず、佐藤は軽くお辞儀を返して彼女と別れた。

（これでいい。ラーメンは惜しいが、妙な真似をして社内で噂になろうもんなら大惨事だ）

そもそもいい年齢のおっさんが若い女の子と食事など身の程知らずも甚《はなは》だしい。

男と女の甘いひとときに憧《あこが》れる時期なんてとうに過ぎた。思春期の男が望む快感は、いまの

佐藤には不要なもので。

（俺に似合うのは、やっぱり、ひとりで。……あそこだな）

いつものバッセンが。

生きた球《モンスター》をカッ飛ばす快感が、佐藤《ジブン》のようなおっさんには、似合っている。

⑥おじさんストーキングinダンジョン

東京都内某所　新宿バッティングセンター内140Lvゲート付近
〝甘原光莉〟

「親父さん、いつもの。一時間で」

「……あいよ」

(おじさん、キタ――――――っ!!)

バッセンに現れたおじさんは、立ち食いそばの匂いがした。

ネクタイを緩《ゆる》め、シャツの胸元も開け、脱いだ上着を抱《かか》えている。そんなおじさんの様子をスマホを弄《いじ》るふりをして観察しながら、甘原光莉《あまはらひかり》はギラリと目を輝かせた。

制服を脱いで黒マスク。変装した光莉は、一時間ほど前から佐藤《さとう》が現れるのを待っていて。

(GPSのおかげだねっ！　動きバッチリ、配信準備っと♪)

朝の電話で何やかや言いくるめてONにさせたGPSで、佐藤の動きはバッチリわかる。念のため多少早めに張り込んでいたが予想通り、佐藤はこの場に現れて。

「……」

料金を払うと、佐藤は選ぶ様子もなく貸し出し用の金属バットを抜いていく。

一応光莉も調べてみたが、どれもこれもなんの変哲もないスポーツ用品だ。

つまり魔剣聖剣を駆使しても倒しづらい強敵をガンガン打ちまくっていたのは、純粋に彼の実力であり、彼女が知るかぎりどんな一流冒険者にも無いユニークスキルだ。

期待を胸にコソコソと様子を窺《うかが》うと、佐藤はそのまま最奥《さいおう》のブースへ直行する。

１４０ｋｍならぬ１４０Ｌｖ、最難関へのショートカット。佐藤が消えたのを見計らってスキルを発動、周囲の風景に溶け込んで完全に透明化すると、ひっそり彼を追いかける。

(今夜も撮れ高《だか》期待してるからね～っ、おじさん♪　——忍術Ｂ《式神《しきがみ》ドローン》！)

変装を脱いで早着替え。

廃墟を思わせるダンジョンに到着すると、冒険者・忍道《にんどう》ヒカリはさらにスキルを発動した。

(いっけ～っ、みんな！　おじさんを探すんだよ、れっつご～っ！)

忍法《式神ドローン》は手のひらサイズの小型ドローンを召喚する便利な魔法だ。

ランクが高ければ武器を装備させ、自動的に敵を見つけて爆撃で攻撃するなど、軍事用のドローンじみた使い方もできるが、彼女の場合は純粋な偵察目的でしか使えない。

しかし、彼女のメインスキル——《隠密ＳＳＳ》の共有による完全透明化。

気配はもちろんローター音すら消してしまう異能により、式神ドローン群は彼女の《目》として周囲の状況を把握し、さらに5G回線に接続して動画配信すら可能なのだ。

（配信設定よしっと。それじゃ、スタート！）

隠密スキルこそ強力だが、ヒカリ自身はクソザコだ。

もし万が一、深層レベルのモンスターに攻撃されれば即死確定。流れ弾《だま》はもちろん、隠密行動などおかまいなしの範囲攻撃も怖すぎて、できれば絶対近寄りたくない。

（スキルを共有できる式神《コレ》なら、安全に撮影できるハズ……！）

物陰に隠れ、廃墟の壁に背中を預けて目を閉じると、ドローンの視界が脳裏に展開する。

カメラを積んだ式神は5機。すべてを同時に見ると、ヒカリの脳が処理できない。カメラを切り替えながら周囲を探し、ゲートを越えて見失ったおじさんの姿を探してみると――？

「はて」

（――ぎゃあっ⁉）

目が合って、思わず変な声が出た。

ドローンのひとつに目を切り替えた瞬間、眉間《みけん》に皺《しわ》を寄せてこちらを見上げている佐藤の姿が映った。

眼鏡を外しているせいか、どことなく険のある面構《つらがま》え。こちらを認識しているのかどうかはわからないが、手で庇《ひさし》を作って目を細め、何かを探しているように見える。

「視線を感じた気がしましたが……気のせいですかね？」

（あっぶな〜〜〜っ!!　マジ声出ちゃうとこだった!!　どういう感覚してんの、おじさん!?）

両手で口を押さえ、物陰に潜《ひそ》み続ける。

佐藤はヒカリの隠れている場所からほど近く、ほぼ遮蔽物《しゃへいぶつ》を挟んだ向こう側にいた。

「……気配を感じるような、何もないような。……はて……？」

すんすん、と佐藤は風を嗅《か》ぐ。

「匂いはしない。温度もない、姿もない……なのに、視線を感じる……？」

（だからど〜〜ゆ〜〜感覚してんの!?　スキルが効いてるのに、感知してるっ!?）

佐藤は訝《いぶか》しみながらもバットを突き出し、空間を突っつくように探り始める。

ヒカリはただ身を縮め、スキルで隠蔽《いんぺい》されていると知りながら、息さえ止めて動けなかった。

少しでも動けば察知される、そんな嫌な予感がした。

――むにゅっ。

「はて？　この壁……柔らかい」

（にゃ〜〜〜〜〜〜〜〜〜〜〜〜〜〜〜〜〜〜〜〜っ!!）

周囲を探っていた佐藤のバットが、隠れているヒカリの胸に当たった。

強くはない。痛みもない。ただ敏感なポイントを軽く潰《つぶ》し、ぐにぐにと探るように弄《もてあそ》ぶ。

声が出そうで出ない。羞恥《しゅうち》とバレたくない一心がせめぎ合い、そして……！

（みぎゃ〜〜〜〜〜〜〜〜〜〜〜〜〜〜〜〜〜〜〜〜〜〜〜〜〜〜〜〜〜〜〜〜っ!!）

ただひたすら、脳内で大絶叫。

耳まで真っ赤になりながら隠れ続けるヒカリをよそに、その存在を知らない佐藤は不審な壁を詳しく調べようとして、警戒しながらもさらにバットを押しつける。

「この感触……隠密スキル持ちのスライムか？　知らないモンスターだな、レアか」

（それはアタシのおっぱいだよ、おじさ〜〜〜〜んっ!!）

クソ真面目に佐藤が呟《つぶや》き、ヒカリが声に出さずに突っ込んだ、その時だった。

——ジリリリリリリリリリリリリ…………!!

Ｌｖ制限領域の枠すら超えて、けたたましい警報《アラーム》の音が響き渡った。

⑦ 水のほとりと大ピンチ

新宿歌舞伎町ダンジョン内75～145Lv領域中間地点
〝スイレン／DOOMプロダクション【公式】〟ライブ配信

攻略配信業界最大手、DOOMプロの稼ぎ頭《がしら》。

一～二日の間隔を開けつつも活動開始から続けている定期配信には毎回二万を超えるファンが集まり、その美貌と強力なスキルによるアクションバトルで絶大な人気を誇る。

定期配信ごとに集まるスパチャ──いわゆる投げ銭、スーパーチャットは毎回七桁《けた》に迫る、現代のトップアイドル。新宿ダンジョン勢《ぜい》と呼ばれる冒険者界隈《かいわい》の最大手だった。

その配信《ライブ》に、金属質の警報《アラーム》が響き渡った。

「トラップ!?　なんで、なんで～～～～っ!?」

続き、高く澄んだ美しい悲鳴が視聴者たちのスマホやPCから再生されゆく。

配信用のカメラドローン、複数のカメラが最適な画角を選び、トップ配信者の泣き顔を撮る。

これらはスキルで召喚されたものではなく、プロご用達《ようたし》の専用マジックアイテムだ。内部の

ＡＩによって自律的に行動し、危険な映像にはモザイクをかけ、常にカメラを回し続ける。

「ヤバいよ、スイレン！　こいつ一匹でも手こずるってのに……！」

「何匹いるの、これ〜〜っ!?　ヤバい、死ぬ、死んじゃう!!」

美しき配信者、スイレン。ファンタジーＲＰＧのような甲冑《かっちゅう》を纏《まと》う白銀姫を中心に、仲間がふたり、各々《おのおの》の武器を構えている。追い詰められた三人、それを囲む怪物は――！

ゲコッ
ゲコゲコゲコ
グェコゲコゲコゲロゲロゲ〜〜〜……！

「か〜え〜る〜の〜う〜た〜が……き〜こ〜え〜て〜く〜る〜よ♪　って感じだね、今！」

「歌ってる場合!?　つーかさあ……」

「《金剛石の大蛙《ダイヤモンドフロッグス》》が何で出てくんの〜っ!?」

透き通った宝石の肌を持つ、猛牛サイズの大蛙《おおがえる》。

圧倒的な耐久力と重量で冒険者を襲う群れは、本来スイレンたちが今居る領域に出現しない。

彼女たちは中層《ちゅうそう》、75Ｌｖ区画と深層《しんそう》の中間地点、接点《ハブ》エリアの探索中だったからだ。

いくつかの領域が繋がる接点、ゲートが点在する空間。ここを拠点とする軽い狩りか、それともここからさらなる場所へ進むつもりだったのが、もはや予定は吹っ飛んだ。

三人の配信者、その足元に転がる宝箱によって。

【名無しメロンパン】　トラップ踏んだ？　けど何であんなとこに宝箱落ちてんだよ
【スイちゃんLOVE】　つーか宝箱って何。アイテムとか入ってんの、アレ？
【カズ】　ミリ知らなすぎんだろ。配信見てんならわかんべ、たま～にモンスターが出すし
【スイちゃんLOVE】　スイちゃんしか見てねーもん　揺れるおっ
【スイちゃんLOVE】　（このコメントは管理AIによって自動的に削除されました）

群衆たちのコメントが流れる中、カメラが宝箱にフォーカスする。

中身は空《から》だ。迷宮災害当初から全世界のダンジョンに共通し、倒されたモンスターは金貨、アイテム、固有素材をドロップするが、さらに低確率で宝箱を落とす場合もある。

中身はさまざまだ。金貨の場合もあるし、アイテムや素材の場合もある。

共通して中身の質は宝箱を落としたモンスターのそれより上位となり、稀《まれ》に唯一無二《ゆいいつむに》の性能を誇るユニークスキルすら手に入ると言われることから、一攫千金《いっかくせんきん》を狙えるチャンス——だが。

【鳥茂】宝箱は基本ウマい。出現場所から1ランク上の素材や武器が入ってる
感じ

【カイル】盗賊系のスキル持ちが仲間にいねーと詰むけどな、罠《わな》やべえから

【カズ】いてもたまにミスるけど。やべえの引いて即死とかあるある

【鳥茂】警報はマシな方じゃあるけど、よりによってエリアハブでか……

宝箱には漏《も》れなく、中身を守る苛烈《かれつ》な罠が仕掛けられている。
爆発や毒ガスといった単純な防衛機能から、装備を破壊したり命を削る呪いに至るまでさまざまだが、警報はオーソドックスな仕掛けのひとつだ。
効果はシンプル――けたたましい騒音により、周辺領域からモンスターを集結させる。
当然、普通ならばその領域に棲息《せいそく》するモンスターしか出現しない。しかしここ、複数の領域にまたがるエリア接点《ハブ》では、法則《ルール》に例外が存在するのだ。

【名無しメロンパン】これやばくね、通報したほうがよくね？

【盗賊推し】ここギリ中層だろ何で深層のカエル出てきてんだよ

【森の賢者】エリアハブでアラーム鳴らすと中層か深層のどっちかが湧く、これ豆
な

【魔女のスリット最高】マジかよ運ゲーじゃん
【PP】冒険者、死んでもリポップするだけなんしょ？　ならまあ平気か
【スイちゃんLOVE】むしろカエルに好き勝手されるスイレンちゃん希望
【カイル】→AI様、こいつBANしてください

「好き勝手言ってくれちゃって～～～!!」

配信者たちは視聴者が投稿したコメントを見ることができる。

視界の端に表示される細かいそれを読み、レスを返したり絡《から》んでみたりすることで視聴者と交流するのが同接を増やすポイントだが、この修羅場でもスイレンはそれを続け。

「死ぬ前に生きるっ!!　――どりゃあっ!!」

気合い一声、ブーツの靴底が警報を鳴らし続ける宝箱を踏み潰《つぶ》した。

【鳥茂】ゴリラ回避ｗｗｗｗ　スイちゃんたまに乱暴よな
【カイル】これでピンチ脱出？
【名無しメロンパン】いや無理アラーム止めても敵消えない
【カズ】こりゃ１乙確定かな　お見舞い～　￥３０００

コメントの言うとおり、警報は止まる。

しかし大蛙どもはゲコゲコと喉《のど》を鳴らし、丸い眼《まなこ》が餌《えさ》とみなした少女たちを窺《うかが》っていた。

「お見舞いありがとけど見えてっからなコメント見えてっからな死なないかんな⁉」

「レスってる場合違うでしょヤバいよ止めてよぎゃ――――っ⁉」

「ああっ食べられちった‼　こんにゃろ、吐け吐け吐け～っ‼」

コメントと共に投げられたスパチャにスイレンが反応した隙《すき》に、カエルが動いた。

大口を開け、仲間のひとりを飲み込まんと舌を伸ばす。

細い腰を搦《から》め捕《と》られた彼女は、背負った大きなリュックごと身体を引っ張られ、巨大なカエルの口にゴクリと半ば飲み込まれる。

スイレンは固定メンバーでパーティを組まない。他の配信者と積極的にコラボしたり、サポートとして事務所に登録している冒険者をメンバーに加え、毎回ほぼ入れ替えて活動していた。

適度にシャッフルし、視聴者に飽きさせない構成――だが今はそれが仇《あだ》となり、飲まれかけのメンバーは探索系のスキル持ちの盗賊役で、戦闘能力はかなり乏《とぼ》しい。

「こんにゃろ！　こんにゃろ～～～っ‼　……ダメだ、ビクともしないよマジで⁉」

もうひとり、盗賊役を助けに入った娘は重装備の戦士だ。現役ＪＫにして空手道都大会でのベスト４、荒事に慣れた実力者だが、物理攻撃耐性を誇るカエルには相性が悪すぎる。

「メインスキル《水魔法ＳＳＳ》発動――《メガトンポンプ》‼」

飲み込まれかけた仲間を救うため、スイレンが叫ぶ。

掲《かか》げた掌《てのひら》に蒼《あお》いオーラが迸《ほとばし》る。魔力が水に変換され、極太の濁流となってカエルを撃つ。

瞬間最大五トンを誇る超水圧。水の膨大《ぼうだい》な質量を破壊力に変換する強力な水属性攻撃魔法は、分厚いコンクリートの壁をたやすくブチ抜き、貫通する威力を誇る。

——が。


「ゲコゲコゲコゲコゲコ♪」

「うわっ、ケロっとしてる〜〜〜〜!?」

まさにカエルの面《つら》に水。仲間を咥《くわ》えたままゲコゲコ鳴くカエルに、スイレンが叫ぶ。

【カイル】　こうかは　いまひとつの　ようだ！
【名無しメロンパン】　そら水タイプだもんなカエル　水タイプに水魔法は効かんでしょ
【鳥茂】　前1匹倒した時は攻撃デバフかけまくって完封したのよな？
【バケツ猫】　削り切るのに三時間かかってた　途中で息切れしてたけどギリ

メインスキル——最高ランク《水魔法ＳＳＳ》を主力とするスイレンにとっては天敵。

水魔法、そして物理攻撃に圧倒的耐性を誇る深層の壁、《金剛石の大蛙《ダイヤモンドフロッグス》》どもは群れによる優位性を確信したか、ジリジリと間合いを詰めながら少女たちを喰らわんとにじり寄る。

スイレンの美貌、クールな顔が恐怖に揺れた。

コメントが活気づく。視聴者たちは純粋に応援するファンだけではない――彼女たちの転落、ダンジョンにはつきものの死、犠牲、傷つくさまを喜ぶ者らも潜《ひそ》んでいる。

「グェコッ!!」

「……………っ!!」

カエルが跳び、巨体がスイレンめがけて降ってくる。

半ば鉱物化した肉体は、少女を丸ごと圧《お》し潰して余りある超重量の必殺ボディプレス。

彼女が何度目かの死を覚悟した、その時――……。


……カッキィ――――――ンッ!!

快音、カエルが空へと吹っ飛んでいった。


「は?」

「へ?」

「む～～～っ⁉」

今の出来事が理解できないスイレン。食われかけたところを救出されたばかりの盗賊役が、大根でも抜くようにその足を掴んだ戦士が、唖然とした声を次々と上げる。

たった今カエルをカッ飛ばしたばかりの金属バットが、鈍《にぶ》い金色に輝く。カメラドローンが超スピードで割り込んできた男を映し、汗ばんだシャツの背中が画面を占める。

『邪魔です』

短い言葉はキンキンと、性別すら判別できぬほど加工されて奇妙に響く。

振り向いた顔もまた映らない。撮影許可を得ていない配信者の顔は自動的にモザイクがかかり、その顔は視聴者には知る術《すべ》がなく、正体を掴む手がかりはない……が。

【流浪の情報通】　こいつ、アレじゃね？　スーツで、バットで……まさか
【弱酸性パリピ】　そうだよ、昨日バズってた、アイツ！

――配信者界隈《かいわい》で話題となったルーキー。

モザイクも声の加工も無意味と化す圧倒的な個性。一度でも観《み》れば誰でもわかる――。

【名無しメロンパン】《新宿《しんじゅく》バット》じゃん!?

直後、歓声と罵声《ばせい》と歓迎と非難、あらゆるコメントが弾幕と化して配信を埋めた。

第三章　地味なおじさん、成敗する

①姪っ子とおじさんの良さみ

新宿ダンジョン内75～１４５Ｌｖ領域中間地点
〝甘原光莉〟

『……さて』

荒廃した迷宮を背景に、逞《たくま》しい背中が映《バ》える。

かすかに汗ばみ張り付いたシャツ、拓本《たくほん》でも採《と》ったかのように筋肉の束が浮き上がる。普段の気弱な公務員面《づら》が跡形もなく吹っ飛んだ狂暴な笑み、振り返った貌《かお》は――、

（はあ……良き。顔が良き。良さみしかないよ、おじさ～～～んっ!!）

ガチ恋一歩手前の配信者、姪《めい》っ子忍者の甘原光莉《あまはらひかり》こと忍道《にんどう》ヒカリの心を鷲掴《わしづか》みにして放さない。

リアルタイム配信ではおよそ一秒から二秒遅れの時間差。回線を通じてサーバにＵＰされた動画は事前の設定通り自動修正が行われ、おじさんの正確な顔や声はわからないよう加工され

ている。

だが、そんな些細《ささい》な問題など――本物《ガチ》の前では、軽く消し飛ぶ。

物陰に潜《ひそ》んでスマホを操作。さまざまな方向・角度から撮影を続ける式神《しきがみ》ドローンの映像を確認、ベストアングルを選んで届けながら、ヒカリはぺろりと乾いた唇を湿らせる。

(さあ、見せてあげて、おじさん。思いっきりカッコよくて強い、おじさんの姿を!)

心に秘めた声は届かない。期待はただの願望で、一方通行の想いは伝わらない。

だが……それでも。

『来なさい』

(く～～～～っ!!　メチャシブ!!)

わかっていてもときめいて、ヒカリはおじさんの背中に魅入《みい》ってしまう。

ミチミチと張り詰める筋肉の束。何よりもそのゴツさがパワーを証明する。少女たちを庇《かば》うようにバッターボックスに入ったサラリーマンは、ぼそりと戦闘開始を告げた。

ゲコゲコゲコゲコゲコゲコゲコゲコゲコ……!

大蛙《おおがえる》が跳んだ。強靭《きょうじん》極まりない後ろ足が二〇〇〇kgの巨体を爆発的に加速、突撃を見舞う。

それは力士のぶちかまし、あるいは大型トラックの体当たりに等しい速度と質量の暴力だ。

立ち向かうは国産有名スポーツメーカー、KUBOブランドの金属バット。

矛《ほこ》と盾《たて》どころではない。質量といい速度といい、暴走トラックの直撃をバットで止めろ、というようなものだ。常識的な物理法則に支配された世界では試すだけ無駄なただの愚行で。

――キィンッ!!

カエルが、星になった。

バットが触れた瞬間、巨体が急停止。自重と勢いが自《みずか》らに跳ね返ってバネが縮むようにカエルが潰《つぶ》れ、その身を護る宝石もろとも無残に潰れてカッ飛ばされ、真逆のベクトルを与えられて――。

グシャドガゴキボキバキベキメキ……交通事故めいた衝撃音。ぐしゃぐしゃになった肉塊《にくかい》は背後の仲間を巻き込みながら群れを縦断、数匹を一度に巻き込みながら破裂した。

『ツしゃあ!!』

「「はあああああああああ!?」」

会心の一打にガッツポーズを決める佐藤《さとう》、悲鳴じみた歓声をあげる少女たち。

トップクラスの配信者であるスイレンとそのPTは、ヒカリなど比べものにならない実力者揃《ぞろ》いだ。強烈すぎて配信できない、秘匿《ひとく》された奥の手や大魔法なども観《み》ているはず、なのに。

(あの顔……ぷ、くくく……っ。おじさん、最高っ♪)

式神ドローンを操作。度肝《どぎも》を抜かれた少女たちの表情を視聴者のもとへ届けながら、ヒカリは必死に笑いを堪《こら》える。普段はクール、修羅場の中でも視聴者のコメントに返信し、スパチャに応じて手まで振る。そんな鍛え抜かれたトップ配信者、スイレンが――あの顔。

【スイちゃんLOVE】スイちゃんのあんな顔、はじめて見た……。
【名無しメロンパン】ここは初めてか？　力抜けよ、あんなもんじゃねーから
【鳥茂】ヤバすぎてもう笑うしかねーもんな　何度見ても何の参考にもならねえ

スイレンのところに比べれば遥《はる》かに数は少ないが、視聴者のコメントもちらほらと。

視聴者数はおよそ三万人、チャンネル登録者数は二万四千人を超えてなお増え続ける一方。

視聴者がガンガンSNSで呟《つぶや》くためか、URLを乗せた公式チャンネルの告知が拡散され、トレンド欄に載《の》ったことでさらに加熱していく。

（むふふふふふ、またも万バズっ!!　おじさん……ほんっと、最高《サイコ》ぉ！）

まさに配信者の夢、一発逆転ホームラン。

昨夜の初弾は偶然だが、今度は狙って打った手ごたえがある。おじさんの異常な強さという超級コンテンツがある以上、誰が撮っても同じ結果かもしれないが、それでも。

【ああ ああ】ここ新人のチャンネルだろ？　なんでいきなりスイちゃんとコラボしてんの？
【名無しメロンパン】普通に偶然行き先がカブったっぽい
【ぱるる】自演じゃねえの？
【パイ獣8号】アラーム聞こえて救援行った感じだしなぁ　そんな感じじゃなくね
【ハムすけ】スイレンちゃんから来ました
【CHIGE】あっちの配信止まったん何でや　心臓に悪いわ
【PP】撮影用ドローンがやられたっぽい
【ももちゃん】カエルに食われたか

次々とコメントが雪崩《なだ》れ込み、ヒカリはさらにほくそ笑む。

（むっふふふふふ……♪　スイレンｃｈのコメント欄に誘導ＵＲＬ置いといてよかったぁ～っ♪）

おじさんの闖入《ちんにゅう》とほぼ同時に、あちら側の撮影ドローンが破壊されたのは偶然だ。スイレンＰＴの撮影者、盗賊役の彼女がカエルに飲まれたせいだろう。制御を失った機材はモンスターの餌食《えじき》となり破壊され、続きを求める難民たちが次々とＵＲＬを踏んでいく。

（ぐ～～ぜん、偶然だもん。怒られたりしないよねー♪　棚ぼた、最高っ！）

ちゃりちゃりちゃりちゃり、大量の小銭が降ってくる幻聴さえ聞こえてくる。

再生数、広告料、ＳＮＳのインプレッションに赤スパ投げ銭。コメントひとつひとつがお金に思えて、ヒカリは物陰に潜みながら、ニマニマ笑ってスマホを弄《いじ》る。

そして、その間にも――。

② 地味なおじさんとトップ配信者

新宿ダンジョン内75～145Lv領域中間地点
〝佐藤蛍太〟

「絶好球！」

……コッキ――――ンッ!!

また一匹、突っ込んできたカエルが星になる。

手ごたえを反芻《はんすう》するようにグリップを握り直しながら、佐藤《さとう》は満足げに頷《うなず》いた。

「数が多くてトロい。球質重めで手ごたえ抜群。打ち頃の、いい球だ」

前衛殺しとも言われる防御スキル持ちの凶悪モンスターを、ズレきった視点でそう評し。

「初級コース、といったところでしょうか。軽く楽しむには実にいい」

「……めちゃくちゃなこと言ってるんですケド、このヒト……」

呆れ返った声がした。ちらりと振り返ると、ちょうど真後ろ――特徴的な《青》が見える。

業界紙の営業をやっていながら界隈《かいわい》に疎《うと》い佐藤ですらよく知っている最大手、しかもエース。

DOOMプロダクションのトップ配信者、スイレンと目が合った。

佐藤が内心そう思ったのは、彼がやや薄情であるというだけではなく。

(うわ。面倒くさい)

(つい助けに入ってしまいましたが、配信中だとしたらかなり厄介な……。撮影許可を与えたわけではありませんから、顔や声は出さないと思いますが)

詳しい数字は知らないが、スイレンの登録者数、視聴者数はミリオン単位だ。

今こうしている間にも数百万人に視《み》られているかもしれないと思えば、面倒という他ない。

これが承認欲求をこじらせた若者ならともかく、目立つのが大嫌いなおっさんとしては。

「今からダッシュで逃げればごまかせますかね……?」

「待ってお願い逃げないでというかまだいるし! 死んじゃうし!」

考えたことがポロリと口に出てしまい、慌《あわ》てて背中に縋《すが》りつかれてしまう。

まだカエルの群れは駆逐《くちく》しきれていない。仲間の無残な吹っ飛びように怖気《おじけ》づいたか、やや遠巻きにしてゲロゲロと鳴いている群れから視線を切らず、佐藤は背後の少女に言った。

「逃げませんが、この事態を招いたのはそちらの自業自得では?」

ことの経緯《けいい》がよくわからない、というのが佐藤の本音だ。

宝箱は迷宮のどこにでもランダムに出現する。この境界地帯にもちょくちょく出るし、佐藤もたまに見かける。罠《わな》が面倒なので無視したり、気が向いたら持ち帰ることもあるのだが。

「こんなところで警報など鳴らされては迷惑ですし、危険ですよ」

後衛らしき盗賊風――スイレンのやや後ろ、カエルの粘液でぬらぬらに汚れ、疲労困憊《ひろうこんぱい》といった感じで戦士風の仲間に肩を借りている人物をちらりと見る。

警報を鳴らしたとしたら彼女だろう、という判断だが――。

「ち、違うってば～！　あたし何もしてないもん！」

「ひゃわっ!?　ばか首振るなって、ぬらぬらが、ぬらぬらが～っ！　顔に！　顔に！」

「うっわごめんなんかえっちになっちゃった！　けどマジあたし違うんだってば、歩いてたらアラーム鳴って、宝箱ポイって飛んできたの！　マジワケわかんないし！」

慌てて否定。首を振った結果、肩を借りていた戦士風の仲間にカエル汁をぶっかけながら、盗賊風の彼女が涙目で叫ぶ。言い訳や嘘と切り捨てるには引っ掛かりを覚える彼女の主張に、佐藤は眉をひそめた。

（誰かが、警報つきの宝箱を投げ込んだ？　……ああ）

嫌がらせの類《たぐい》か、と察しがつく。迷宮に出現する宝箱はまちまちで、固定されて動かせないものもあれば、アイテムとしてそのまま持ち帰れるものもある。

そうした宝箱も、解除しなければ罠はそのまま生きている。

高位呪文並みの威力を叩き出す爆弾《クラスバスター》や周囲を巻き込む転移魔法《テレポート》、魔法使いや戦士など特定の職種に反応して大打撃を与える職業殺しなど、通常の魔法で再現できない現象を利用するため、盗賊系の冒険者が空《から》の宝箱に罠を掛け直して再利用することがたまにある。

特に治安が悪かった時代——警報系の罠、宝箱を利用した《殺人》すらも。

(さすがに今はないと思いますが、近い真似をしたバカが最近いましたね)

記憶に新しい《べりぐっど》の炎上、警報でモンスターを集めて倒す《養殖》行為。それが禁止とされた原因は、かき集めて処理しきれなくなったモンスターの暴走による被害が出る恐れがあるからだ。

単なる事故ならいい。だが他の冒険者への妨害行為として故意に行うケースもあったことから、今は禁じられている。当たり前のルール、だが破りたがる輩《やから》はどこにでもいるもので。

(彼女の言うことが本当なら、間近にそんな奴らが潜《ひそ》んでるのか。物騒だな)

そんなことを考えていると。

「ちょっ、おじさん、あぶな——……!」

……カッキ——ンッ!! ドンッ、グチャッ……!

「はい?」

「……あぶな……く、なかったね。ハイ……」

佐藤の身体が反射的に動き、カエルをまた一匹お星さまに変えた。

警告したスイレンが絶句する。スプラッタに潰れた死骸《しがい》は溶けるように消え、ゲームのように素材や金貨、宝物が散らばった。まき散らされる黄金と血飛沫《ちしぶき》の中、佐藤は静かに振り返る。

「証拠は？」

「あ、配信してたので……映像で確認、できますけど？」

「そうですか。なら、みなさんは被害者ということで良さそうですね。すいませんでした」

嘘ではない、と佐藤は判断した。数百万の耳目《じもく》に晒《さら》されるトップ配信者が配信中にやるはずがないし、仕込みだとしてもすぐバレる。証拠もあるのではなおさらだ。

「ま、まだまだゾロゾロいるんですけど⁉　今、援護を！」

「いりませんよ。というか」

ようやくありついたストレス解消の機会、打ち頃のボールが飛んでくる状況を。

「邪魔しないでくれますか、すぐ終わります」

「…………！」

酷《ひど》い言い方になったかな、と佐藤は思った。

三人の配信者たち、年齢は姪《めい》っ子の光莉《ひかり》と変わりない――十代後半くらいだろうか。若者に見られながらバットを振るのは初めてで、何ともやり辛《づら》い空気を感じる。

（けど、まあ）

多少気が逸《そ》れた程度で、打ち損じるような相手でもない。

ゲコゲコゲコゲ……！

用水路のウシガエルそっくりの鳴き声をあげて、カエルがふたたび殺到する。

体格は雄牛、硬度は鉱石、質量は岩。すっ、と息を吸い込んで振ると、不可視の引力じみた何かが発生してカエルどもを引き寄せ、最高のタイミングで芯《しん》を捉《とら》えてカッ飛ばす。

（ホ――――ムランッ！）

内心、叫ぶ。誰もいなければ声に出して叫んでいたが、大人なので我慢する。

中年男がはしゃいでる、などと思われたらさすがにちょっと恥ずかしい。吹っ飛んだカエルはいつものように特大アーチを描きながら瓦礫《がれき》に着弾、周囲を巻き込んで爆発する。

（しかし……我が仕業《しわざ》ながら、なんで爆発するんだろうな？）

いわゆる冒険者、配信者の界隈《かいわい》ではこの手の能力を《スキル》と呼んで分類、整理している。発現率が高い、いわゆるレア度の低いものは鍛錬法も確立しており、指導も簡単らしい。

（俺のコレにも、何か名前とかついてるのかもな）

正直よくわからない。意識してやっていることといえば、ボールに見立てた敵を打っている、それだけなのだ。よくわからないふんわりとした能力で佐藤はずっと戦ってきた。

カキン！　ゴキン！　――キュガッ‼　ドゴッ‼　グチャッ‼　……メキッ。

モンスターを《打つ》能力。たぶんそういうものがあるのだろう、と思いながらも。

（いずれ登録を申請しに行こうと思ってるうちに――……タイミングを逃したんだよな）

冒険者協会に出向いてスキルを検査してもらい、登録を申請する。それだけなのに面倒くさい。

ゲコ……　ゲ……　グチャッ！　キィン!!　ドォンッ……　グチャ、ゴキッ……。

まるで健康診断のようだ。妙な判定結果が出るのはほぼ確実なので、何だかんだと理由をつけて先延ばしにしているうちに、結局行くのをやめてしまった。

（面倒くさい。ああ、ひたすら面倒くさい。行きたくねえなあ――……）

レアスキルがどうのとか十八年も何してたんですかとか、いい年になって偉い人や看護師的な人に怒られるのが嫌なのだ。想像するだけでマジ凹《へこ》むというか、気が滅入《めい》る――……。

「あの」

「……」

「あの……あのっ!!」

「はい？」

「もうカエル、いませんけど……？」

「……え」

注意を引くよう大きく両腕を広げたスイレンに、佐藤は思わず手を止めた。

物思いに耽《ふけ》りながら、ひたすらバットを振っていたらしい。気づけばカエルの群れは全滅し、その存在は金貨や得体《えたい》の知れないアイテム、素材など戦利品の山に変わっていた。

「失礼。少し、ぼうっとしてました」

「助けて頂いてめっちゃ助かったんですけど、戦闘中にそういうの……良くないんじゃ？」

「ええまあ、ですが、どちらかといえば——……」

戦闘、という言葉に違和感があり、佐藤は頰を掻きながら言う。

「軽いアップ程度の作業でしたから、つい。緊張感を欠いてたようですね、失礼しました」

「……軽いアップ程度の相手に、わたしたち全滅しかけてたんですケド」

「そうですか。そういうこともあります。それでは」

「ちょっ!?」

何も噛み合っていない相槌《あいづち》で会話を切り、サクッと立ち去ろうとする佐藤。

ゴミ袋をパンと開け、周辺に散らかった戦利品を拾いはじめるその背中は、あまりにも日常茶飯事といった色が濃い。まるで仕事帰りに通学路のゴミ拾いでもしているような、そんな雰囲気だった。

違和感がある、というか違和感しかないだろう。助かった嬉しさより腑《ふ》に落ちない感が満載の視線を浴びながら、佐藤は背中を丸めてひたすら作業に没頭した。

（まあ迷惑野郎は気になるし、警報を鳴らされたのはウザいが）

敵を片付けた時点で義務は果たした、あとはまあ、関係ないといえば関係ない。

（さっさと片付けて立ち去ろう、そうしよう）

それだけを考えていたので、背後のやりとりに佐藤はまったく意識を向けていなかった。

『……あのめちゃ強スキルに金属バット、間違いないでしょ。《あの人》だよ』

『《新宿《しんじゅく》バット》さん？　でも配信やってる人っぽくないっていうか……』

『目も合わせてくれないあたり、コンビニの疲れた店員さんみたいな空気が』

『わかる。雑談振ったらめちゃ嫌がられそうな感じ。話しづらすぎ』

『でもお礼はしないと。スイちゃん、ＧＯ！』

『え？　……あ～……うん。じゃちょっと。リーダーだしね、行ってきま～す……！』

カエルの残骸を片付け終えた頃、スイレンが話しかけてくる。

「あの。私、あなたのこと知ってるんですけど」

「……は？」

「最近めちゃバズりましたよね？　顔は見えませんでしたけど、たぶん……」

「ああ、他人の空似では。私は通りすがりの一般市民なので」

「ダンジョンの最前線を通りすがる一般市民とか、ありえなくないです？」

「ありえるんですよ。配信中でしたら、個人情報に配慮をお願いできますか」

バズるとか、身に覚えがない。佐藤が話題を逸らしたのを感じたか、スイレンはぱちぱちと瞬《まばた》きしながらも、配信担当の仲間に振り返り、アイコンタクトで確認を取る。

「あ、こっちはライブ止まってるんで、大丈夫……です。復旧もできないっぽいので」

「そうですか、それは……良くはないかもしれませんが、助かります」

ため息交じりにほっとしつつ、

（地味で特徴ないしな、俺）

そんな風に佐藤は思う。どこの誰か知らないが、似たようなことをやっている配信者がいるのだろう。世の中広い、きっとサラリーマンならぬバズリーマンとかがいるのだろう、どこかに。


『……めちゃ遠い目してるんだけど。大丈夫かなこの人』

『新宿バットチャンネル、今生放送中だよ？　うちのコメ欄にＵＲＬ置いてあるし……』

『あくまで他人を装《よそお》っている感じなのでしょうか。そういう芸風なんですかね』

『おっけ。深く突っ込まない方がよさそうだし、流す感じで』

『『らじゃ！』』

少女たちの内緒話。聞き耳を立てれば話の内容は把握できそうだが、佐藤はあえて耳を塞《ふさ》いだ。

（やっぱりキモがられてるんだろうか……。若い娘は、やっぱり怖いな）

このおじさんキッモ、とか言われていようものなら心に抜けない棘《とげ》が刺さる。姪っ子に近い年頃だけによけい傷が深くなりそうで、さっさとこの場を立ち去りたかった。

（よりにもよって業界最大手、ＤＯＯＭプロのスイレンとか）

業界に知り合いがいないわけではない。佐藤も営業だ、超大手と直《ちょく》の繋がりこそないものの、知り合いの知り合いくらいは繋がっている。顔はモザイクがかかり、声は加工されているはず。となればあとは服装や体形で特定される危険はあるが……。

（恐らく大丈夫、だと思う）

普段佐藤が着ている背広は緩《ゆる》い。必ず1サイズ上のものを買っているからだ。ダンジョンに潜《もぐ》る際、全身の筋肉が膨張して体形が大きく変わるため、そうしないと動きにくい。

つまり、体形がかなり違う。運動も栄養も不足しがちなヒョロ長もやし風リーマンに擬態し、表稼業を営んでいる以上、さすがに体形で判別されることはないはずだ。

（とはいえ、手がかりを多く残せば残すほど面倒が増える。やはりさっさとおさらばしよう）

散らかったカエルの残骸もだいたい拾った。遠くにカッ飛ばした残骸はいくらか残っているかもしれないが、わざわざそこまでしなくても大した邪魔にはならないだろう。

「ええと、では……だいたい片付きましたので、失礼します。お疲れさまでした」

「え？　……ちょちょちょちょちょ！　待って、待って〜〜〜っ！」

「!?」

さりげなく離脱を図ったところ、ズボンのベルトを摑まれた。

「まだ何か？」

「うわ、めっちゃ嫌そうな顔……。あの、お礼とか、すべきだなって思うんですけど？」

顔がいいな、と佐藤は思った。

さすが超人気配信者。ズボンを摑み、じっとこちらを見上げる銀髪の貌《かお》は、素直に美しいと感じる。二次元と三次元、リアルとアニメーションの魅力を兼ね備えたような。

「例えばの話なんですが」

だがまあ、それはそれ、これはこれ。

軽く膝《ひざ》を曲げて視線を合わせ、威圧感を与えないよう配慮しつつ、正直に告げる。

「想像してください。――右が直進するチャリ、左が車」

右手を勢いよくスイング、左手と交差する瞬間、パッと手を開いてみせる。

「このままだと激突しますが、手を伸ばせば止められる。そういう状況を想定してください」

「えっと……もしかして、右手の自転車が、私たち的な？」

「そんな感じですね」

つまるところ、佐藤にとってはそれだけで。

「たまたま止められる位置にいたので事故を防いだ、それだけです。そのまま放置した場合、めちゃくちゃ後味が悪くなるので。人助けとか、そういう気持ちも特になく」

別にヒーローを気取るつもりもない。人助けはボランティア以外認めないとか、ややこしい正義観を出す気もない。ただたまたま近くを通りかかったからそうした、それだけだ。

「ですから――お礼はいりません、面倒ですから」

我ながら偏屈だな、と思う。

というか別に大したことをしたわけでもない。感謝は気持ちだけで十分だ。

お礼の印と称して金品を貰《もら》ったり、連絡先でも交換しようものなら、おお、もう……！

(死にますね。社会的な死の予感がビンビンしますね)

思わず内心の声が営業モードに戻るくらい、確信していた。

だからここは嫌われる覚悟で突き放す。

ここまで徹底的に塩対応を貫《つらぬ》けば、あちらもガチで迷惑なのだと空気を読んでくれるはず。

そうなればあとは何もかも忘れてテキトーに打ちっぱなしを楽しみに――……！

「はあ？　それって。それって……」

よしきたいいぞ。そのまま続けて、ムカついた感じで去ってくれ。

「……カッコいい……かも……！」

「正気ですか」

思わず佐藤は突っ込んだ。

「正直めんどくさいなこのおじさん、とは思ったんですけど」

「ですよね。ああ、良かった」

決して交わらない宇宙的価値観の持ち主かと思いかけていた佐藤は、ほっと胸をなでおろす。

少し頬を赤らめた人気配信者は、恐ろしいことに恋する乙女のような顔で――、

「ハードボイルド、っていうか……。くたびれた感じがカッコいい、っていうか」

「正気じゃなかった……」

「正気ですー！　くたびれた雰囲気！　圧倒的な強さ！　ハードボイルド！　カッコいい！」

「いや間違いなく冷静さを欠いています。というか、仲間でしょう。止めてください」

ヤバいと判断し、佐藤はスイレンから視線を外した。

幸い助けを求めた先は比較的正気を保っており、慌《あわ》てて彼女を諫《いさ》める。

「いや待って落ち着いてスイちゃん正気に戻って！」

「配信切れてるからって油断しすぎ！　そのメス顔は配信NGだって!?」

「えー!?　良くない？　絶対いいと思う！　わからないかなあ、この感じ……！」

「……わかりません。まったく」

今時の娘の考えることは、わからない。

おっさんくさい感慨《かんがい》と共に天を仰《あお》いだ、その頃――。

③ 姪っ子とサブスキル

新宿歌舞伎町ダンジョン内75～145Lv領域中間地点
〝甘原光莉〟

「あっぶな！　ギリ間に合った～……！」

式神《しきがみ》ドローンを操作。炎上しかねない発言を録《と》らずに済んで、光莉《ひかり》はほっと息をつく。

いかに隠密SSS、気配遮断クラスの隠蔽力《いんぺいりょく》だろうと接近しすぎるとまずい。そう判断し、離れた位置にドローンを待機させていたこともあって、詳しい会話は聞き取れなかった。

「おじさんってば相変らず変なんだから……。というかスイレンちゃんもどうなのかなあ⁉　あのおじさんがカッコいいとか……いやカッコいいけど、そこはあたしだけわかってればいいというか、わかんなくていいっていうか。も～、も～～～っ！」

ジタバタしたくなるような気分でスマホを弄《いじ》る。同時接続数は五万人を突破、SNSなどの書き込みからスイレンのファンを中心に口コミが広がり、コメントが活発に動いていた。

【みこみこ】さっきから何か喋《しゃべ》ってるけど聞き取れない　字幕入れてほしい
【パイン大佐】配信慣れしてないっつーか　垂れ流してるだけって感じだよな
【あばば】けどこのおっさん何者？　スイちゃんが苦戦するモンスターワンパンとか
【タキオン】DOOMプロの新人、仕込みじゃね
【イチカ】あそこイケメンしかいねえし　それなら顔出しで配信するだろ
【猿山】新人プロモの仕込みならフツーそうなるよな　んじゃガチのアクシデントか
【スイ推し】助けて！　スイちゃんが男と話してるの見てるだけで脳味噌痛いの！
【そらまめ】お前には何が見えてるんだ……。立ち話ししてるだけだぞ
【翔平LOVE】ああ、だけど……
【翔平LOVE】地味にカッコよくね？　強いし

（それそれ。それだよね……っと♪）

おじさんは強い。そして優しい。強くて優しい人間は、男女性別容姿に関係なく。

（超☆カッコいいっ……!!）

おじさんに男性観を破壊されたJK、ヒカリはそう再認識しつつ、視聴者を楽しませるため

にカメラを操る。さりげなく三人からフォーカスをずらし、周囲を空撮。

間《ま》を持たせられそうな何かを探す。放置されたビニール袋とかでもいい。猫っぽく見えれば三秒くらい稼げる。その間に放送事故りそうなスイレンが復調してくれるはず……！

「お？　……ん？　あれ～～～～～っ？」

思わず小声が漏《も》れた。隠密スキルによって発した声は防音効果によって、誰にも聞こえない。

無意識に言いながら、式神ドローンを操作。舐《な》めるようなカメラアングルで地面を伝って、未《いま》だ何か話しているおじさんたちの足元、踏み潰《つぶ》された宝箱にピントを合わせた。

【あゆみ】モザイク外したらどんな顔だと思う？　フツメン？　ブサメン？
【スイちゃんLOVE】背はかなり高いしマッチョだしイケメン説提唱
【まあたん】袖《そで》まくりスーツバッセンおじさん……　イケメンだったら性癖《せいへき》だわ業《ごう》が深《ふけ》ぇなオイ
【閃光のクロロン】てかこれ何だ、壊れた宝箱？　スイちゃん映せや
【ドゥーメン最高】前から思ってたけどコレ公式チャンネルって言うわりには盗撮っぽいんだよなあ
【まあたん】
【スイちゃんLOVE】実況ないしね　どうなんだろ

「……やばっ！　とりあえずごまかさないと……！」

書き換えられた世界観――迷宮によって進化した人類は《スキル》を得る。

言ってみれば人類能力拡張パッチ。最初に覚えるのが応用性が広く、目覚めた個人の性質に合った《メインスキル》で、経験に応じて派生する《サブスキル》を覚える。

（まっすぐに伸びた樹《き》をイメージする……）

芽吹いた小さな新芽が伸び、太い幹となり枝葉が伸びるように。

配信者、忍道《にんどう》ヒカリの《隠密SSS《メインスキル》》からは、ふたつの枝《スキル》が生えている。

（ひとつは《忍術B》……まあ普通？　の特殊魔法。成長するかもしんないから、ヨシ！）

そしてもうひとつ。こちらは覚えた時、本気で少々ガッカリした。ソロで活動するにしても、いずれパーティを組んで集団戦に参加するにせよ、シンプルな火力が欲しかったからだ。

期待は裏切られた。だが、そう捨てたものではない――。

「サブスキル……《鑑定》発動っ！」

スマホ越しに式神ドローンのレンズが唸《うな》り、壊れた宝箱に焦点《しょうてん》を合わせる。

（んっ……!!）

ドクッ、心臓が跳ねた。血が頭に流れ込む感覚、カッと体温が上がる。

カフェインをキメた時のような高揚感と集中力。術者の視覚とドローンのカメラがリンクし、本来ならわからない情報を得て配信画面と共有、公開する。

「壊れた宝箱……。アイテムLv、75……？」

　頭にふと浮かんだ言葉がそのまま動画に反映されるのは、驚きだった。デジタルフォントで壊れた宝箱にタグが付与されると、視聴者たちが口々に反応を返してくる。

【カズ】お、鑑定スキル。カメラマンナイス
【まもるん】これハブエリアで出る宝箱じゃねーな　レベル合わない
【アキラLV100】そもそも中身空《から》っぽの時点でなあ　マナーない奴が中身取ってポイ捨てか？
【田舎のイケメン】違うべ、わざわざ罠《わな》掛け直してんだし
【さすらいのケモナー】ってことは誰か持ち込んだな　コレMPKだろ
【イチカ】犯罪じゃん……。さすがにそれはドン引くわ

　MPK――モンスターを利用した殺人行為《Monster Player Killer》。

　廃《すた》れかけたゲーム用語を語源とするそれは、言うまでもなく犯罪だ。

　蘇生可能な冒険者の命は外部のそれよりかなり軽いが、人の身命・財産への侵害行為として強く規制されており、証拠があれば普通に逮捕され、裁きを受けることになる。

（ふむ。ってことは……スイレンちゃんを狙ったってコトだよね？）

あるいは無差別殺人という線も考えられる。

が、有名人を狙ったものにせよ巻き込んだにせよ、放置できない悪質行為には違いなく。

（だとしたら、も・し・か・し・て～～～っ♪　まだ近くに隠れてるかも！）

目端《めはし》が利《き》く犯人ならモンスターが撃退された時点でさっさと逃げているだろうが、探す価値は充分にある。何より、索敵《さくてき》はヒカリが最も得意とすることだった。

（ドローン散開。周辺を探索。――動くもの、生き物の気配……）

配信用の一機を現場に残し、式神ドローンを索敵に回す。

コツはポイントを選ぶことだ。

広大なフィールドを馬鹿正直に調べ回っていたのでは時間がいくらあっても足りない。

重点的に探るのは隠密スキル無しでも身を隠せる瓦礫《がれき》や朽《く》ちた看板や街路樹などの物陰だ。

人類滅亡後の遺物めいたオブジェクトの死角を、不可視の眼が次々と暴いていく。

（犯人、み～っけっ♪　あはは、トロすぎ～っ！）

その愚かさを内心嘲《あざけ》ると、ヒカリは映像を切り替えた。

配信される画面がおじさんとスイレンたちの遠景から、少し離れた瓦礫に移る。

かつての大災害に巻き込まれたのだろう。アニメ調の女の子が描かれた同人書店の大看板、斜めに傾《かし》いだその隅にうずくまるように、四人ほどの人影が隠れていた。

一見、犯罪者じみたイメージはない。むしろスタイリッシュなヒーローっぽさを感じさせる姿のイケメンを中心に、ＲＰＧ的なコスプレ紛いの男たちで編制されたその四人組は、いかにも配信者っぽい。

（ふつーの犯罪者っていうか、ＰＫっぽくない……。いや普通の犯罪者知らないけども）

そもそも中継地点に侵入できる時点で限られてくる。軽いスポーツ感覚でホイホイ侵入するおじさんがおかしいだけで、超危険地帯のド真ん中なのだ。

一般冒険者では近寄れない。つまり、一定以上の実力を持つ……。

【カズ】　酔う酔う酔うキモい画面動きすぎ

【みこみこ】　けど見ろなんかいる　……あれどっかで見たことね？

【名無しメロンパン】　いや、そりゃそうだろ。さんざ見た顔だし　あいつは……

カメラが明度を補正、フォーカスが合う。

配信画面に大きく映った顔、そのいかにもなイケメンフェイスは。

「……《べりぐっど》だと!?」

ただいま炎上真っ最中。

イケメン冒険配信者グループ《べりぐっど》のリーダー、ポテトだった。

④雇われ配信者とスーパーボールおじさん

新宿ダンジョン内75～145Lv領域中間地点
〝アマゾル〟

配信者《ライバー》という仕事は、クソである。

大冒険時代なんて嘘。めちゃくちゃ聞こえのいい言い方でごまかしてるだけだ。

異世界とやらから出現した迷宮は世界を乗っ取ろうと、狡猾《こうかつ》に戦力を蓄えている。冒険者による討伐で間引き続けなければ、たちまちモンスターが外にまで溢《あふ》れて人々を襲うだろう。

だから、必死だ。可能な限りポジティブなCMを打ち、怖くないですよ、カッコいいですよ、大金持ちになれますよ——そんな甘いアメで釣って若者を戦地に駆り立てる。

現代社会で最も高価な消耗品とは、人命だ。近年の戦争では、ひとりの死者すら余さぬよう厳密に数えられ、報道されれば心優しき人々がみんな涙し、反戦を叫び、恒久的な平和を求める。

幸いにも《迷宮《ダンジョン》》によって上書きされた異世界の法則は都合よく人命の損耗《そんもう》を防いでくれる。一定以上に覚醒した冒険者は迷宮で命を失ったとしても復活し、戦利品や若干《じゃっかん》の力を失うだけで再活動することができる。現代人にも受け入れられる、リスクの少ない生存競争の形。

……んなわけがあるかい！

（メチャクチャ怖いし痛いしキッツいよ！　フツーの神経してたらやれませんって）

アタシはアマヅル。

業界最大手、ＤＯＯＭプロ所属のプロ配信者――。

（と言えばカッコいいけど、ピンでやってけてるわけでもないかんね。こんなもんでしょ）

つまるところ雇われ配信者だ。冒険者として活動しつつ、個人情報は伏せて匿名《とくめい》。顔も変えてあるので、リアルの私を知っている人でもまず正体はわからない。

話を戻すと、冒険者……特に配信者はクソなのだ。

誰もが気楽になりたがる。けれど上に行けるのは選ばれし者、才能ある者だけだ。ある意味頭のタガが外れた、私みたいな平凡で普通なシャバ僧《ゾウ》とは比較にならないイカレども。

ちょっと考えてみればわかるでしょ。

（アタシ、つい今しがたカエルに食われたんですよ？）

生きながら丸飲みにされて消化液で窒息《ちっそく》し、身体はドロドロ溶かされる。いくら復活できるといっても、それがなかったことになるわけじゃない。普通、耐えられません。

泣きわめくくらいで済むなら可愛いもん。一生もののトラウマを負う人もいるし。

上に行ける冒険者、中でも配信者はその恐怖を克服し、それどころか――わざわざ配信し、公開できる人間です。つまり《死》をそのままエンタメにできる覚悟の持ち主。

（そういうのを、化け物《てんさい》って言うんだよねー……）

アタシは無理、耐えられません。

けどお金――というか組織のバックアップは絶対欲しい。

業界最大手のＤＯＯＭプロダクションはそのへん安定です。毎月のお給料はもちろん、冒険者稼業に必要な武器や装備品、消耗品は経費で落とせて事務手続きも丸投げできる。

さらに所属トップ配信者の指名を受けてパーティ入りし、盛り上げてみせればお手当バッチリ。

彼ら彼女らにとって、自分が目立つことこそ大事ですからね。配信者同士でパーティを組もうものなら、主役がふたりいる舞台のようなものなのだ。

戦争ですよ、ええ。どっちが目立つ、いや俺が私が――……で揉《も》めまくり。

遊びじゃなく、お金かかってますからね。

もちろんパーティ全員でひとつのチャンネルを運営する形もありますが、ＤＯＯＭプロは前時代のＶｔｕｂｅｒ的な推し方で、所属配信者は事務所と個人契約した事業主です。

主役はひとり。なので私のようなスタッフ、サポートメンバーが必要になるわけなんですね。出しゃばらず、目立ちすぎずに動画を回し、盛り上げていく。裏方ってやつです。

今日は軽めの生配信、同僚の戦士〝リンドウ〟ことリンちゃんと組んでのご指名でした。


事務所のトップ配信者〝スイレン〟――スイちゃんは、ひとことで言ってヤバいです。

絶体絶命の修羅場でも画面端のちっこいコメントを把握してレス入れたり、たとえ自分や仲間が食い殺されてる最中《さなか》でも面白おかしく悲鳴をあげて、視聴者を楽しませるプロ根性。

素顔は知りません。けど聞いた話によれば、ガチのＪＫだとか。

そんな若さで『とりあえず死んどくか』みたいなノリで修羅場に突っ込んでいくんですから、真似できません。ちょっとはビビってください、人間として。やべーです。


そして今日。

正直に言いますと、アタシはクビ寸前のポカをやらかしています。

まず見え見えの罠《わな》を踏んだこと。物陰に隠されてたちっこい宝箱、たぶん誰かの嫌がらせ。罠発見が本業の《盗賊》がよりによってそれですから、油断なんてレベルじゃありません。

もうひとつ、配信の停止です。任されていたドローンカメラをあのカエル軍団に撃墜され、スイレンチャンネルの生配信は停止。つまり命がけの撮れ高《だか》がパアなんですから。

そのまま全滅してた方がまだ言い訳が立つでしょう。けど生憎《あいにく》――突然、わけのわからない助けが現れ、ガッツリ救われてしまいました。

（――《新宿《しんじゅく》バット》？）

配信者界隈《かいわい》は、みんなライバル意識バチバチに見えますが、裏でガッツリ組んでいます。撮影場所がカブらないように連絡を取ったり、優秀なスタッフを交換したり……事務所間でのやりとりはもちろん、装備やアイテム、素材のやりくりなど協力関係もあります。

スタッフ界隈の噂話、一番ホットな話題が……謎の新人《新宿バット》でした。

非公開のＳＮＳやチャットアプリで『アレはどこの新人だ？』との問い合わせが飛び交い、どうやら裏が一切ないガチ個人勢《ゼイ》だと知れた今は、界隈がマジ震撼《しんかん》していることでしょう。

（それぐらい、強い。……強すぎだよね）

ダンジョン最深部、１４０Ｌｖ区画をお散歩コースのごとく完全制覇。

トップクラスが十数人集まってもちょくちょく負けるエリアボスすらワンパン撃破ですから。

ヤラセやインチキがないことは、現場のプロだからこそわかります。

それがどれだけ、とんでもないことか。

石斧《いしおの》で頑張ってマンモス倒してた原始人の前に、ライフル持ったハンターが現れたというか。

たまたまそんなとんでもない存在が、いきなり目の前に現れたわけなので。

『……カッコいい……かも……！』

『正気ですか』

ついさっきのやりとり――アタシの雇い主、スイちゃんが夢中になるのも当然でしょう。ひょっとすると世界最強クラスと言っても過言ではない前衛がスカウトできるかもしれないんだから。そりゃ炎上覚悟でメス顔逆ナンくらい決めるでしょう、むしろ事務所がやれと命じるレベル。

そりゃ一応形式的に突っ込むし、止めに入りはするけれど。


「ちょ、待って！　お礼させてくださいってば！」

「い・り・ま・せ・ん……！」

「じゃあお礼はいいですから！　せめて連絡先とか交換しません⁉」

「それはいろいろ誤解を招きませんか。逆でしょう、普通……！」


――主役が絡《から》んでる間、スタッフは基本手を出さないのだ。

顔だけ見れば地味なおじさん。恐ろしくマッチョで迫力があるけど、力にモノを言わせて振り切ってバックレるでもなく、困った顔でグイグイ迫るスイレンちゃんを見下ろしている。

恐らく《新宿バット》とおぼしき人は、助けを求めるように私たちを見た……けど。

「若い娘がおっさんナンパしてる構図って意味わかんないね……」

「大丈夫かなあ、ダンジョン出たらSNSとか炎上してそう。めちゃ怖い」

「そう思うなら止めてくれませんかね……！」

適当なコメントを出す私たちに、恨めしそうに言った。

ごめんなさいとしか言えない。アタシもリンちゃんもスタッフなのだ。

軽いツッコミならともかく、主役様のご意向に逆らうなんて夢のまた夢。

特に今回、ポカやらかしたアタシはヤバい。事務所クビになりかねない。ああ気が重い。

なので口を挟めない。できることといえば状況確認――このおじさんのであろう配信、新宿バットｃｈを視聴し、今どんな風に映っているのか把握するくらいで。

「それ、まさか配信とかしてないですよね？」

スイちゃんに引っ張られながら、嫌そうな顔で新宿バット（仮）が言う。

「違いますって。むしろ観《み》てます、外の反応が知りたいので」

「はあ……」

正直よくわからない人だ。この人が配信してるはずなのに、撮《と》られるのを嫌がっている。

何か事情があるのかも――そう思いながらも、私は動画サイトを開き、ライブに接続する。

《新宿バットｃｈ》は探すまでもなく、ホーム画面のおすすめに表示されていた。

当然と言えば当然だ。

業界トップの生配信が中断、しかもゲリラ的に続きが始まる。誘導ＵＲＬも貼られていたし、スイちゃんの視聴者が一気に雪崩《なだ》れ込めばどれだけ人が集まるか予想できない。

何気なく選択し、若干《じゃっかん》のロード画面の後にライブが始まった、その時。

（――これまじ、いや、ヤバ　ヤババババ……!!）

アタシは息を呑み、そのメチャクチャな映像の意味を理解できずに固まった。

場所は廃墟。私たちが今いるのと同一、迷宮に飲まれて異界と化した旧市街地の成れの果て。

斜めに傾いた看板の陰に潜《ひそ》む男四人が、ヒソヒソと小声で話しているのが聞こえる。

（このカメラ、やばい。どんだけ強力な隠密スキル使ってんの!?）

視点はやや高方より見下ろす感じで、微《かす》かに揺れているところからドローンによる空撮だ。

普通は音もすれば気配も発する。厳重に周囲を警戒する冒険者はもちろん、モンスターの超感覚をごまかせるものではなく、ひそひそ話を盗聴できるまで近づくなど論外のはず。

だがこのカメラはその限界を超えて、男――、
炎上中の中堅配信者《べりぐっど》のリーダー、ポテトと仲間たちの会話を捉《とら》えていた。

『お、おい、ポテト！　どーすんだよ、予定と違うぞ!?』

『つせえよ、俺に訊《き》くなよ……！　よりによって深層《しんそう》の強モンス引くとかさぁ……！』

苛立《いらだ》たしげにポテトは唇を噛み、吐き捨てるように続けた。

『あいつらガチャ運悪すぎじゃね!? オレ、悪くねーし!』

『ンなこと言ってる場合かよ、逃げようぜ! バレたらヤバ……』

ご丁寧《ていねい》に、聞き取れた会話はＡＩによって字幕化されて表示されている。

途切れ途切れで曖昧《あいまい》だが、この意味がわからないはずがなかった。

「……スイちゃん! おじさん!」

スタッフの分《ぶん》を踏み越えて、私は咄嗟《とっさ》に声を張り上げた。

特徴的な目印——同人ショップの看板。間違いなく私たちをハメたと思《おぼ》しき犯人が潜む場所、その方向を指さして、今見たことを《主役》へ伝えるために。


「誰かいる～～～～っ!! アラーム鳴らした犯人!! 捕まえて!」

「「!?」」


瞬間、主役は動いた。

「追います。失礼」

引き留めていたスイレンの手が放れると、リードを切った犬のようにおじさんが飛び出す。

名前も知らない中年男が跳躍すると、ひと息にビルの残骸《ざんがい》を越えていく。

斜めに傾いた瓦礫《がれき》の高さは、七～八メートルはあるだろう。弾丸じみたスピードとバネは、超人揃《ぞろ》いの冒険者界隈でも一級品の戦士、前衛職に匹敵するものだ。

「水魔法——《大渦》!!」

そして、スイちゃん。

デレ顔を引っ込め、ほんの一秒弱俯《うつむ》くだけで集中を終えると、蒼《あお》い閃光が迸《ほとばし》る。彼女を中心として弾《はじ》けた光は実体を持った波濤《はとう》となって、周囲を巻き込みながら渦巻いていった。

まるで大津波。魔力で創られた水は大人の膝《ひざ》ほどの深さまで早々に達すると、物凄い勢いで私が指した方を根こそぎさらい、渦巻く波が瓦礫の隅々まで洗い流してゆく。

可愛いだけじゃ、頂点《トップ》にはなれない。

スイちゃんが成り上がれたのはアイドル級のルックスや性格、キャラクターだけじゃない。彼女の最大の能力、乾いた砂漠に大渦を起こし、街の一区を津波に飲み込むメインスキル。

最高峰の水魔法使いの証《あかし》——《水魔法ＳＳＳ》のスキル持ちだからだ。

今発動した《大渦》は超広範囲に大渦を巻き起こし、足の動きを鈍《にぶ》らせながらダメージを与える。いわゆるフィールド変化、戦場を操作して優位を稼ぐ魔法だ。

逃れる術《すべ》はないと言っていい。事実、私のスマホには潜んでいた犯人らしき四人組が大渦に流され、慌《あわ》てて隠れ場所から出て、がぼがぼと水飛沫《みずしぶき》を蹴立てながら逃げていく姿が映っていた。

そしてドローンの空撮映像を、おじさんの影が横切っていく……！

「嘘でしょ……!?」

スマホを持ったまま、アタシは思わず叫んでしまった。

だってそうでしょ。スーパーボールを叩きつけたみたいな勢いで、おじさんが跳んでいく。渦に足をとられながらのろのろ逃げる四人組に瞬《また》く間《ま》に追いついてしまう。

……ホント何なの、あのおじさん。いや、どうやってるの？　足元はただの革靴——高級品でもないし、マジックアイテムでもない。履《は》き潰《つぶ》しかけた合皮《ごうひ》の安物だ。

戦闘どころか一般的な運動にも向いてそうにない。それであちこちの瓦礫やゴミを足場にして、一蹴りするたびに超加速。めちゃくちゃな超機動にカメラが追いつかない。

【マッハおじさん】　何アレキモい
【徹夜の連勤術師】　変態機動……本職の忍者より早くね!?
【野球まとめジョン】　打ってよし足も速いとか推し球団にくれ
【通りすがりの虎党】　猛虎魂を感じる

いささかズレたものも交ざっているが、一拍遅れてコメントが追う。

超機動おじさんに追いつかれ、四人組が振り向いた。カメラがあるとは思っていないのか、顔は隠していない。何度も見かけたことがある《べりぐっど》その当人たちが応戦に移った。

「ダメだ、逃げらんねえ！　何だアイツ、撃て撃て!!」

「や、やってんよおっ!!」

リーダー、ポテトがびしょ濡れの顔で振り返る。息を切らした仲間が武器を構えた。

回復魔法使いのソルトと、私と同じ盗賊役のビネガー。ソルトは何かのスキルだろう、緑色の光弾を続けざまに発射し、ビネガーは苦しまぎれのようにナイフを投げた。

（ナイフ？　……ああ、審査、下りなかったのね）

飛び道具なら銃が欲しいところだ。だけどこの国は銃器の規制が厳しくて、審査に合格して免許を取らないと所持できない。なので比較的規制の緩《ゆる》い弓や投げナイフを使う人もいる。

けど、その場合毒やスキルを併用するのが前提だ。ビネガーの投げナイフは鋭く回転しつつブーメランのように飛んでいたから、火力系のスキルを使っているっぽい。

けど――……。

「いや無理でしょ、あれじゃ」

おじさんは、止まらない。

まるでアニメに出てくる武術の達人のように、金属バットを眼前に構えて次々と弾《はじ》く。光弾もギロチンじみた投げナイフも、カカカカキンッ！　と呆気《あっけ》ない金属音を立てて逸《そ》れ、あらぬ方向へ飛んでいく。けど勢い余ったのか、おじさんの着地点は――、

「ッ！」

「よっしゃ!!　……落ちろぉ!!」

ちょうど道路が崩れ、大穴を開けていた。

そこに水魔法が流れ込み、まるで稼動中の洗濯機みたいに水が激しく暴れている。危ない、あそこに落ちたらさすがのおじさんでも水に飲まれて……！

「……え？　は？　……えええええ～～～～っ!?」

そして、アタシはバカみたいな声をあげた。

⑤ おじさんと若者ホームラン

新宿歌舞伎町ダンジョン内75〜145Lv領域中間地点
〝佐藤蛍太〟

（かつての上司を、思い出す——）

迷宮を駆けながら、佐藤《さとう》は過去を想う。

飛び石のように瓦礫《がれき》を足場に跳ねて、犯人らしき四人組を追跡している最中。

一秒にも満たない刹那《せつな》のひと時、スローモーションのように映る世界。思考が加速し、意識が引き伸ばされる感覚は、バットを構えて怪物《ボール》と相対《あいたい》する時感じるものと同じだ。

『いいか佐藤。残業の極意を教えてやる』

当時の上司は、ホームレスの臭《にお》いがした。

あれはいつだっただろう。確か大冒険時代の黎明期《れいめいき》、辛《かろ》うじて生き延びた大災害から脱出し、復職してすぐの頃だ。被災者だろうと容赦なく過剰なノルマを負わされた修羅場の最中《さなか》。

殺伐《さつばつ》さと倦怠感《けんたいかん》を風呂の残り湯でグツグツ煮詰めたような冒険書房、営業課。三徹を超えてなお未帰宅、妻との結婚記念日すらバックレた部長の顔色は、病《や》んだように黄色い。

『病院に行ってください、部長』

『面白いこと言うじゃん。そんな暇《ひま》、あるわけねえだろ……?』

エナドリをキメにキメ続け、糖分とカフェインでようやく意識を保っている人間特有の妙なテンションでクックと笑い、当時の部長は言った。

『体力の限界が訪れてもな、意識さえ落ちなきゃ仕事を続けられるんだぞ?』

『はあ』

『こう、モニターに向かってると意識が落ちそうになるだろ?』

もはやゾンビとしか思えない顔に、液晶のバックライトが映《は》える。

嫌な顔色がますます鮮明に見えたのを、佐藤はよく覚えていて。

『そしたら、意識が落ちる前に手を動かす。意識が落ちる前に手を動かす。この繰り返し』

『はあ』

『右足が沈む前に左足を上げて、左足が沈む前に右足を上げれば水面を走れるっていうだろ。あれと同じ。これを繰り返せば無限に仕事を続けられるんだよ』

むしろ得意げに、犠牲者の肝臓を咥《くわ》えたばかりのゾンビみたいな顔で、部長は宣《のたま》って。

(なに言ってるんだ、この人は)

佐藤もまた二徹の最中、疲労で濁りきった頭で――、

（けど、まあ。……やれるかな）

そう思ってしまった時、閃《ひらめ》いた。


——シパパパパパパパパパパパパパパパパパ！

靴底が水面を蹴る、連続音。


「はああああああああああああああああああああああああ!?」

逃走中の四人組、リーダーらしきイケメン。冒険者よりホストが似合いそうな男が叫ぶ。

（そんな、驚かなくてもいいだろうに）

佐藤は思う。冒険者はだいたい、デタラメだ。戦士は太い鉄骨を素手でひん曲げ、魔法使いに至っては謎の言葉を唱えて念じるだけで大爆発だの猛吹雪《ふぶき》だのを巻き起こす。

（そんな連中に比べれば、大したもんじゃないだろうし）

水面を走るくらい。

（かつての激務に比べれば、ラクなもの……！）

「嘘だあああああああああああああ!?」

ポテトが叫ぶ。

原理は簡単だ、渦巻く水面に靴底が触れるその瞬間、佐藤は刹那の力を足裏に捉《とら》える。いかなる液体にも発生する表面張力、水面から水中へ没する寸前の儚《はかな》い抵抗。自分でも理屈はわからないが——蹴る。

その繰り返し。流れのある場所では難易度が上がるし、長距離は厳しい。だがこの程度なら、追跡する相手に迫るほんの一瞬。一メートル弱を詰めるなら、造作《ぞうさ》もない。

「何何何何何何何何何やめて意味わかんねえ……へぼふっ⁉」

バットによる突きがイケメンの鼻っ柱をへし折るように見舞われ、ポテトは真後ろに倒れる。密集していた他の三人が反撃を試みるより速く、次々とバットが叩き込まれる。

「げぼっ⁉」

「ぎゃっ⁉」

「ぐげっ⁉」

三者三様の呻《うめ》き声。

若者たちが水音を立てて倒れ、手近な瓦礫に着地した佐藤は振り返る。

「とりあえず打ち据えましたが……これでいいのやら」

正直状況を把握しきれていない。犯人らしき人物が特定され、追跡したところ攻撃された。状況証拠は揃《そろ》っている気がするが、はて本当に良かったものかと首を傾《かし》げていると。

「おじさま！　——大丈夫⁉」

捕り物劇が見えていたのか、魔力で創られた仮初《かりそめ》の水がたちまち引いて、波となる。その波に、まるでサーフィンのように乗ってきたスイレンたち三人に、佐藤は少し驚いた。

(何だありゃ、便利だな)

冒険者が使う魔法やスキルについて、佐藤は驚くほど何も知らない。

興味がない。自分の使うそれすらも「そういうものなんだろう」と思うきりで、特に名前もつけていないのだ。仕事では、チャンネル登録者数や再生数だけ見れば困ることもないし。

「おじさま……？」

いつのまにか呼び方が昇格していた。

距離感の詰め方がエグい。一方的にメディアで顔は知っているだけの人物に迫られるとか、ちょっとしたホラーのようだ。少なくとも嬉しさよりは戸惑《とまど》いと恐怖が勝る。

「いけませんか？　……おじさんより親しみがあると思うんですけど？」

「親しまれるようなことは何もしていません。なので、遠慮しておきます」

突き放すような言い方をしたつもりだったが、スイレンは特に気にした様子もなかった。

むしろニヤニヤ笑いながらこちらの顔を覗《のぞ》き込んでくる。視線の圧に負けたように顔を背《そむ》けると、彼女と共にやってきたひとり、いわゆる盗賊風の少女が倒れた四人に駆け寄っていく。

スイレンが魔法を解除したのだろう。すでに水は消えており、ヒビ割れた路面や瓦礫も乾きはじめていた。一度ずぶ濡れになった四人も例外ではなく、髪も服も水気が抜けつつある。

「うっわぁ……。マジで《べりぐっど》じゃん」

「ほんとだ。アンタたち、何したかわかってる？　犯罪だよ、リアルガチ犯罪っ！」

「ひょ、ひょれわぁ……！」

スマホと見比べるように盗賊風の少女が言い、スイレンが声を険《けわ》しくする。そんな様子を見た佐藤は聞き覚えのある名詞に釣られるようにして、鼻血を出して倒れた男を覗き込んだ。

薄目を開けて何事か言い訳しようとしている男。茶髪、イケメン、ホスト顔。びしょ濡れでもなく、高速で移動しているわけでもない状態で見た顔は、ここ数日さんざん佐藤が見てきた、見たくもない顔そのものだった。

（……間違いない）

謝罪になってない謝罪会見。進行中の企画が全部潰《つぶ》れ、発注したグッズもキャンセル。記憶にあるその他のメンバーの顔も、未《いま》だ倒れたままの三人と合致する。残業の最中《さなか》、何度ぶん殴りたくなったか知れない、自信満々のニヤケ面《づら》――。

（毎日残業するハメになった、元凶……!!）

「……ひいっ!?」

思わず殺気が漏《も》れた。全身に血が巡《めぐ》り、筋張った血管が脈を打つ。

ただならぬ気配を感じ取ったのか、確かポテトとか言う男が息を呑んだ。鼻は潰れて、血が鼻腔《びくう》から顎《あご》までだらだら流れている。だが腐っても高位冒険者か、咄嗟《とっさ》に構えた。

金属音――長剣が鞘走《さやばし》る。駆け出し冒険者はホームセンターで買ったような薪割《まきわ》り用の鉈《なた》や斧《おの》などを武器にすることが多い。てっとり早くて安く頑丈、雑魚《ざこ》相手なら十分だからだ。

しかしポテトの武器は違う。その再生数、チャンネル登録者数からいっても中堅から上位を目指せるだけの力はあると示すかのような戦闘用の剣、それも魔法強化が施《ほどこ》されている。

（まあ、別に）

だからといって何だ、という話だなと佐藤は思った。

「物騒なものを抜きましたね。敵対する意志表示、と考えてよろしいでしょうか？」

「ち……違うよ、何か勘違いしてんだよ、あんた。つーか誰、オレたちは何もしてねえよ、いきなり魔法ぶっ込んだり、襲ってくるとか。とんでもねえよ、ギルドに訴えるぞ!?」

「はあ」

議論するつもりはなかった。やっただのやってないだのと言いだせば確実にグダる。

剣をチラつかせたポテトは、とにかく言い逃れる方向に活路を見出したようだった。呆れ顔のスイレンやその仲間、そして佐藤に対しても強く出て、煙《けむ》に巻こうと目論《もくろ》んでいる。

「彼女たちを襲った罠《わな》とは、無関係だと？」

「……決まってんじゃん、罠？　何のこと？　あーそういやアラーム鳴ってたしぃ――……」

「わかりました。では、念のためもう一度伺《うかが》いますが」

「ッ!?」

無造作と言える動きで佐藤が近づくと、脅《おど》すようにポテトの剣が閃いた。

シャツの袖《そで》が切れる。ギャリッ、と金属が擦《こす》れる嫌な音。一応手加減はしているようだが、魔法強化された刃《やいば》の鋭さは、人の腕などハムの塊《かたまり》よりあっさり切って落とすだろう。

「き、切れねぇッ⁉　何だ、防御スキル持ちかよ、てめェッ⁉」

「そんな覚えはありませんが、毎年健康診断はA判定です」

ダンジョン通い健康法、とでも言うべきか。不本意ながら大災害に巻き込まれて以来、風邪とは無縁だ。業務外で怪我《けが》などして、仕事に差し支えてはまずい——社畜根性。

佐藤に自覚はない。だが戦闘態勢に入ったその肉体は、物理・魔法双方に対する強い耐性を獲得している。ポテトの剣に込められた魔力と腰の引けた剣技では、皮一枚斬れないほどに。

高位の冒険者なら当たり前のように行っている、身体強化。覚醒した肉体は集中が続く限り鋼《はがね》のごとく頑丈で、コミックのヒーローじみたパワーを発揮する。

「……ぐえっ⁉」

「今、私は冷静さを欠きつつあります」

ゆっくりとさえ見える動きで、佐藤はポテトの胸倉を摑み、持ち上げた。

「ここで何をしていたのか、正直に言ってください。さもなくば」

「……何、するってんだよぉ……！」

「てめえの汚《きたね》ェタマ、カッ飛ばすぞ」

大声ではなく、囁《ささや》きかけるように佐藤は言った。

ひっ、と怯《おび》えたようにポテトは呻くと、取り繕《つくろ》うように明るく言う。

「き、企画！　ドッキリ、でした～～～……！」

「ほう」

「警報仕掛けて、スイレンちゃんと一緒に退治！　コラボ！　そんな予定だったの！　マジ！　その予定だったんだけど、アクシデントって言うか、予定より強いのが出ちゃって！」

「アクシデントで済む話じゃないと思うんですけど。MPKじゃん！」

「いや、事故なんだって!!　スイレンちゃん！　このオッサン、止め……ぐえ!!」

胸倉を摑んだ手首を捻《ひね》り、服ごと締め上げる。

その圧は胸骨《きょうこつ》にまで届き、ミシミシと軋《きし》みながら激痛を与えた。痛みのあまりもがくものの、佐藤の手は万力《まんりき》のように容赦なく男の身体を締め上げ、緩《ゆる》むことはない。

「ぎぎぎぎぎぎぎぎ!?　いだ！　いだだだだ～～～～ッッッ!!」

「……1」

計算された握力で胸骨が砕ける寸前まで責めながら、佐藤は数える。

冒険者、配信者の命に価値などない。どうせ死は仮初《かりそめ》、失ったとて復活する。苦痛も恐怖も一時のものと割り切って面白おかしく見世物にし、人の関心を摑むネタなのだから。

だが、それでも。

「人を傷つけようとしておいて、ヘラヘラするな。——2」

「た、た、助けに行こうと思ってたんだよ……！　いや、マジ行くとこだった！」

嘘だ、と思った。

「だ、だから……許して？　マジになんないでよ、ノリ悪いな～……！」

「そうですか」

そう言うと摑んだ手を外し、アルコールジェルとハンカチを取り出す。

ちゃんと消毒しておかなければ手が腐る。こういう類《たぐい》の汚物を処分する時は、特にだ。

「冗談！　企画！　悪気なかったんだよ！　なあ……！」

「3」

宣告《カウント》が進んだ時、男は——飛んだ。

「ひ……えええええええええええッ!?」

甲高《かんだか》い悲鳴。男のベルトを摑んだ佐藤が、まるで子供に高い高いでもするかのように、軽く片手で放り上げたのだ。状況が摑めないまま落ちてくる男に、バットを構える。

「————!!」

瞬間、何をされるか理解したのだろう。困惑《こんわく》が恐怖に塗り潰される。

落ちてくるポテトの股間《こかん》。潰れないよう、死なないように多少の手心を加えて——生卵を割らずに打つことすらできるバットコントロールでもって、二つの玉を潰すことなく芯で捉えた。

「ぎゃああああああああああああああああああああああああああ!!」

イケメンが、股間を押さえてスッ飛んでいく。

まるで古《いにしえ》のギャグ漫画だ。放物線を描いた軌跡に沿って煙のようなものさえ見えた気がする。

遥か遠くへ吹っ飛び、響く激突音、爆撃じみた土煙――。

「……やれやれ」

汚いボールをカッ飛ばしたバットを丁寧《ていねい》に拭《ふ》きながら。

「はあ～～～～。スッキリしましたね！」

ひと汗かいたと言わんばかりに、汗を拭《ぬぐ》って振り向いた。

足元には《べりぐっど》メンバーが気絶したまま転がっており、片付けは終わっていない。

だが佐藤としてはこれですべて終わり、面倒ごとは片付いたつもりだったのだが。

「え、えー………」

「ちょい、やりすぎ……？　し、死んでないよな、アレ？」

そんな佐藤を出迎えたのは、ドン引きしている戦士と盗賊。

そんなスタッフふたりに挟まれたスイレンは、違う感想を抱いているようだった。

「やっぱおじさま、めっちゃ強い！　強すぎ……！」

上気した頬、憧《あこが》れのまなざしで、配信者は謎のサラリーマンに魅入《みい》っていた。

第四章　地味なおじさんと若者デート

①　おじさんとJKと夜の約束

東京都内某所　冒険書房営業部
〝佐藤蛍太〟

「佐藤《さとう》さん、《べりぐっど》が追放されたみたいですよ？」

「そうですか」

翌日の朝、出社間もなく。ルーティン化している深夜帯に届いたメールを確認していると、隣席の後輩、鵜飼《うかい》が少し高めのテンションでネットニュースを見せてきた。

「ＤＯＯＭプロのスイレンちゃんへのつきまとい、ＭＰＫ未遂《みすい》で厳重注意。冒険者資格も一時停止処分、配信チャンネルも凍結、収益停止……だそうです」

そこまで言ってから、鵜飼は憤懣《ふんまん》やるかたないといった様子で声を荒らげた。

「ちょっと軽すぎません？　実質殺人未遂ですし、逮捕とかしてもいいのでは！」

「ダンジョン内のことですからね。死んでも生き返りますし」

冒険者の命は軽い。迷宮にいるかぎり冒険者は死んでも復活点に戻されるだけで生き返るし、多少の弱体化や所持品を失う以外のダメージは受けず、冒険者同士の諍《いさか》いは珍しくない。

「昔は冒険者の縄張り争い、狩り場をめぐっての殺し合い、決闘沙汰《ざた》もよくありました。資格の一時停止を喰らったならそこそこ重い処分でしょう」

冒険者資格の停止は、少なくともそれで飯を食っているプロにとっては死活問題だ。

新宿《しんじゅく》はもちろん、あらゆるダンジョンへ立ち入れなくなるし、当然配信チャンネルも更新不能。もともとの炎上による悪評も合わせれば、実質再起不能と言っていいだろう。

ダンジョンに潜《もぐ》ってこその冒険者だ。超人的な能力も、現代社会では大して使い道がない。モンスターを殴り殺す怪力や大規模破壊魔法など、平和な世界では無意味だった。

故《ゆえ》に連中の末路としては、一時停止処分が明けるまで大人しくしてほとぼりを冷まし、凍結を解除してチャンネルを復活させるか、あるいは新しく開設してやり直すかだろう。

どちらにせよ、これまで積み上げたものは失った。大きなペナルティ、罰ではあって。

「終わった、と判断していいでしょう。忘れましょう」

「わかりました。昨夜は凄かったですよね～！　《べりぐっど》の大炎上っぷり！」

すげえどうでもいい。が、佐藤は社会人としての建前で本音を隠し、興味ありげな顔を作った。

「《べりぐっど》がスイレンに嫌がらせしてバレた、とは聞いていますが……」

「連中ボッコボコにされたらしいですよ、不謹慎《ふきんしん》ですけどスッキリです！　あぁ～、わたしも生配信で観《み》たかったぁ～」

「気持ちはわかりますが、外では止《や》めてくださいね？」

浮かれてシャドーボクシングをキメる鵜飼に釘を刺しつつ、佐藤はスマホを眺める。

（スイレンチャンネルにアーカイブはなし、か。彼女らが言っていたとおり配信は切れていたみたいだな）

ネットニュースでは事件のあらましだけが取り沙汰されている。その場に居合わせた第三者――佐藤の情報は拡散していないようで、ホッとした。

（まあ、細かい話はどうでもいいか）

佐藤はすぐに興味を失って、スマホのブラウザを閉じた。

匿名《とくめい》掲示板やオープンチャットなどの配信関連コミュニティに深く潜っていけば佐藤の情報が出回ってしまっている可能性もあるが、正直そこまで追いかけるほどの熱意はない。

仮に多少映像が表に出たところで問題ないのだ。路上で犯罪者を捕まえた一般人のことなどすぐに忘れ去られるように。有名人の逮捕に一役買ったからといって、本人が目立ちたがりやでなければ、大衆はすぐに次の関心事に興味を移していくだろう。

（例え映像が世に出てしまっていたとしても、どうせ止められない）

文句を言って公開停止させることも可能だが、面倒すぎる。それに、開示請求はこちらから正体を晒《さら》すハメになり、藪蛇《やぶへび》になりかねない。どちらにしてもスルーが無難だ。

(せっかく昨夜はスッキリできたんだ。よけいな後始末でストレスを増やしてどうする)

昨夜イケメンをホームランした後、佐藤はさっさと帰って気持ちよく寝た。

ストレスを解消してスッキリしたこともあるが、警察沙汰に巻き込まれたくなかったからだ。

自分はあくまでトラブルの現場に偶然居合わせた第三者、最後まで関わるような義理もない。

……と思ったのだが。

(彼女らには思い切り顔を知られてる。口止めしておかないと、面倒なことになるわけで)

佐藤も一応、末端とはいえ迷宮界隈《かいわい》のプロである。

幸いにも迷宮の中と外、本気を出すか省エネかでは体格が天と地ほども違う。正体を特定されるまで時間は稼げるはずだが、スイレンが事務所の人脈を駆使して探せばバレてしまう。

そうなると、極めて面倒くさい。会社に内緒でダンジョン通いをしていたこと、ついでに言えば切れたとはいえ仕事の関係者をぶん殴ったことがバレると非常に困る。

(部長に怒られる。……この年になって、ガチ説教を喰らうのはキツいです、マジで)

そこでスイレンに取引を申し出、成立した条件が——。

(これ以上俺を巻き込まないこと、顔をはじめ、個人情報を漏《も》らさないこと)

佐藤の提示した条件に対し、彼女が求めた対価は。

「あれ、佐藤さん。スマホが鳴ってますよ。メールか何か来たみたいですけど」

「スパム的な何かでしょう。放っておいてください」

「あー、よく来ますよね。通販サイトの偽物《にせもの》とか、フィッシング詐欺《さぎ》的なやつ」

机に置いてあるスマホが震えて、スリープ画面に一瞬通知メッセージが映った。

押し切られるように入れたメッセージアプリ。いわゆる裏アカ——とある個人アカウント、
昨夜の取引によって相互登録せざるを得なくなった、彼女だった。

『おはようございます、おじさま。ニュース見ましたか？』

アカウント名《白玉《しらたま》あんこ》——適当な偽名。

サムネ画像はどこかの店の白玉あんみつで、正体を匂わせるような気配はない。これが今をときめくトップ配信者、ＤＯＯＭプロのスイレンの裏アカだとは誰も思わないだろう。

着信したそれを渋い顔で眺め、既読がついたのを無視もできず、佐藤は返信する。

『おはようございます。見ました』

『事件は解決したんですけど、あんなことがあってショックだろうしってことで。次の配信まで少し間を置くことになって、今日明日はお休みになりました』

（ひとことの間にふたこと返ってくる……怖っ）

ガジェットに順応した今時の若者はレスが早い。

ついていけないものを感じつつ席に戻ると、のろのろとした操作でスマホを弄《いじ》る。

（ＤＯＯＭプロのスイレン、配信休止のお知らせ……本当らしいな）

事務所が出した無機質なアナウンスに加え、本人が『ごめんなさい！』とコミカルな感じで手を合わせ、頭を下げているショート動画がＳＮＳにＵＰされていた。

（そういえば、人間同士の戦いに耐性のない人間が増えている……と新聞か何かで読んだ気がする）

人間同士の戦いは画面映《ば》えしないため、今時見えるところじゃ誰もやらないのだという。

モンスターは頑丈だが、人間はすぐ死ぬ。

高レベルの冒険者、配信者は超人だが、それでもヒトである以上、死ぬのだ。

脳や心臓のような重要器官をちょっと傷つけられれば致命傷。モンスター戦で乱れ飛ぶ技だ魔法だなんてハデな展開は期待できず、相手より素早くザクッとやれば終わってしまう。

人間同士の殺し合いは迷宮内でちょくちょく起きる。死が永遠の眠りではなく、命が安いからだ。ささいな諍《いさか》いで冒険者は殺し合うし、復活したらケロリとしている。

だがそれを配信してバズっていたのは初期も初期で、今や派手さのない対人戦は玄人《くろうと》好みと言えば聞こえはいいが、要は一部のマニアだけが好むものとなっていた。

モンスターならぬ人を傷つけ、殺すのは惨《むご》たらしい。抵抗感があって当然だ。

図らずもそんな経験をしたスイレンに休みを与え、落ち着く時間を与えるのは大手の余裕と言うべきだろう。ホワイト企業の計らいで、少しばかり羨《うらや》ましくさえあった。

しかし、そうなると——、

『……すいません。少しやりすぎましたね』

犯人をカッ飛ばし、お星様にして少女たちにショックを与えた責任を感じる佐藤であった。

『あはは、大丈夫ですよ？』

と送られてから、

『けど……もし、わがままを聞いてくれるなら』

ピコン、と文字が連投されて。

『ちょっとだけ助けてもらえませんか？』


――やばい。


連投されたメッセージを見た瞬間、苦い胃液が込み上げた。

嫌な予感がする。強烈に嫌な予感がする。じわじわと逃げ道を奪う詰《つ》め将棋《しょうぎ》じみた女の手管《てくだ》は、おっさんにとって最悪だ。見えている地雷、だが踏まねば泣かれ世間体《せけんてい》的に死ぬトラップ。

『……はい。何でもは無理ですが。可能な限り善処いたしますので』

(ぐあああああああああああああ!!)

叫びたくなる衝動を理性で堪《こら》え、送信した。

メッセージが届く音がシュポッと響き、瞬時に既読がついたかと思えば――、

『ありがとうございます！　それじゃ今夜、遊びたいのでつきあってください！
エスコートお願いします、おじさま☆』
スイレン公式スタンプの笑顔がバッチリ貼られ。

「佐藤さん、どうしたんですか？　机に突っ伏したりして……」

「……いえ、何でもありません……何でもありません、が」

不審がる鵜飼にそう答えながらも、佐藤はしばらく顔を上げられなかった。

めんどくさい、あああめんどくさいめんどくさい。若い娘のエスコートとか、何をどうすればいいのか見当もつかない。若い頃なら近場のゲーセンでも行ってお茶を濁すが、四十過ぎた大人がそれは恥ずかしいという呪いじみた常識が、チクチクと佐藤を突ついてくる。

「鵜飼さん。普段休みとか、どうしてますか？」

「え？」

机に伏したまま質問したので、佐藤は問われた相手の反応を見逃した。

ドキッとときめく胸を押さえ、何かを期待するかのように――、

「……お、美味《おい》しいものを食べに行ったり……買い物したり、ゲームしたり、ですかね？」

「普通ですね」

普通すぎて参考にならない。というか相手はＪＫ、鵜飼は大人すぎるだろうか。

「おいしいもの、とは……やはりこうスイーツとかですかね、流行《はや》りの」

「そういうのもありますけど、もっと普通でいいですよ。私なら、その……ファミレスでも、ラーメンでも……何だって美味しく食べられますから、はい！」

何か期待するような言葉を、佐藤はそのまま受け取って。

「そうですか。それはいいですね、悩まなくて済みますから」

「はい！　あの……どうかしたんですか、突然？」

「断りがたいしがらみのある相手に今夜つきあえと言われまして。つまりは接待ですね」

「あ。……そういう。はい……」

ようやく顔を上げた佐藤だが、どこか落胆した鵜飼の様子には気づかなかった。

「厄介な相手というか、趣味嗜好《しこう》のわからない相手なのでどうしたものかと……。接待で使う店に連れていって済まそうかと思いますが、まずいですかね」

「うちの行きつけって、近所のカラオケスナックとかですよね？　……渋すぎません？」

それもそうか、と佐藤は思った。

まさかＪＫがおっさんやおばさんに交ざって一曲披露《ひろう》とはいくまい。

気分を害するどころか、最悪セクハラで訴えられるのではなかろうか。怖い、怖すぎる。

（待てよ？　いっそのこと、餅《もち》は餅屋ということだし……）

迷った末に出した答えは、たいがい事態を悪くする。

そんな真理に気づくことなく、佐藤は、今度は別の人物にメッセージを送った。

——トークルーム『おじさんとあたし（2）』

『すいません、光莉《ひかり》さん。相談に乗ってもらえませんか？』

『あ、おじさん！　どしたの～？』

なになに？　と可愛いキャラのスタンプ。

『実は会社の仕事関係で、光莉さんと同年代の女性を接待することになったのですが。そんな若い女性の相手をするノウハウがありません』

精一杯に言葉を選び、ごまかすように書き込んでいく。

餅は餅屋、ＪＫはＪＫという判断——だが事情を話すわけにもいかず、適当に濁さねばならない。営業で培《つちか》った話術に賭けた佐藤は、そのままシュポシュポと送信を続けた。

『夜、無難に時間を潰《つぶ》せそうな場所があれば教えてもらえませんか？　お小遣《こづか》いでも何でも、お礼はしますので。どうぞよろしくお願いします』

頭を下げるサラリーマンのスタンプ。

『JKを接待するとか意味わかんないけどおじさんの会社大丈夫?』

ごもっともです、と言いたくなるが今回に限り会社に罪はなかった。


『社外秘的なものがありまして……深く突っ込まないでくれると助かります』

『あ・や・し・い!　まさかパパ活のお手伝いとかさせようとしてるんじゃないよね〜?』

『違います。断じてしません。何にでも誓いますので信じてください』

『うわ怒濤《どとう》の連投。おじさんマジじゃん……』


姪《めい》っ子にパパ活おじさんの烙印《らくいん》を押されかけてるんだ。必死にもなるだろう。

不名誉にもほどがある。姪を経由して姉に誤報が伝わろうものならぶち殺される。

そんな危機感が通じたのか、続く返信は彼の望みに近かった。

『新しくて良さげなお店、貼っとくね？　夜なら予約した方がいいよ、スムーズに案内できると評価上がるし』

『助かります今度おごりますありがとう』


さすが現役と言うべきか。

貼られた店はどれもお洒落で、普段佐藤が飲みに行くおっさんくさい店構えとは違いすぎる。値段もだいぶ庶民感覚から外れていたが、接待と思えばそういうものだと割り切れた。


『デート……じゃないんだよね？』

『当然でしょう。時間潰しの話し相手、賑《にぎ》やかしの太鼓持ちですよ』

『よくわかんないけどおじさん、場を盛り上げるとかできるの？』


ガチで失礼なことを言われてしまった……が。


『議事を粛々《しゅくしゅく》と進めるのは得意です』

『それ接待っていうか司会者じゃん』

その通りすぎてぐうの音《ね》も出ない。

飲みニケーションくそくらえ。古い人間がみんな飲み会好きだと思うな、佐藤はその手の席ではたいてい地蔵となっており、同席する他の社員にトークを委《ゆだ》ねてひたすら追加注文や酌《しゃく》、二次会三次会の手配などに徹するマシーンと化すのが常であった。

『でね、おじさん。訊《き》かれたから答えたわけだケド。あたしとしてはこのへんのお店、あんまりオススメできないなー』

『何故ですか？』

『だっていかにもパパ活おじさんくさいもん。ネットで流行りのお店調べました感プンプンするし』

「ぐああああああああああああああああああああああああああああ!?」

「さ、佐藤さんどうしたんですか!?　お腹《なか》痛いんですか!?」

「うるさいぞ佐藤、何があった。びっくりするだろうが！」

「す、すいません……。何でもありません、ええ何でもありません……！」

姪にパパ活おじさんの烙印を押されただけです……とは言えなかった。

とりあえずその場をごまかしてから、洒落たお店のＵＲＬを睨《にら》む。確かに言われてみれば、十代の少女を連れてこの店に自分が行く光景を想像すると、パパ活以外の何ものでもなかった。

『希望が断たれました』

『ガチ凹《ヘコ》んじゃった⁉　ごめんごめんおじさん。大丈夫だよ！　ちゃんと秘策アリってことで、教えてあげる』

『本当ですか⁉』

『うん。流行りのお店選びもいいけど。接待のことはわかんないけど、同い年くらいの子ならお互いを知る方が安心できるんじゃないかなー、って』

『お互いを知る、ですか』

『うん。知らないおじさんと会って話すとか怖いよ？　だから変に凝《こ》ったところに連れていくより肩肘《かたひじ》張らない、なじみのあるトコがいいんじゃないかなあ。

おいしい喫茶店とか、間《ま》が持つようなゲームができるとことか。

ダーツとかボウリングとか、ビリヤード台があるカフェとか。

ちょっと遊べるカンジのトコ、知らない？』

『どれも経験ありませんね、ＲＰＧのミニゲームでしか知りません』

『人生経験寂しいね、おじさん』

……………。


「部長。佐藤さん、泣きそうな顔でスマホ見てるんですけど……」

「放っておいてやれ。あいつがおかしいのは今日に始まったことじゃない」

「すごくしょんぼりしてますけど、大丈夫でしょうか……」


そんな囁《ささや》きにもめげず、佐藤は打ちひしがれながらもメッセージを続けた。

言葉に傷つきこそするものの、光莉の言葉は的《まと》を射《い》ている。確かに見知らぬおっさんが変に洒落た店に案内するとか、下心を感じさせる可能性は高く、危険すぎる。なら……。

『わかりました。本当にいいのか疑問ではありますが……光莉さんを信じましょう。可能性に懸《か》けるということで』

『何かめちゃ期待されてる……まあいいや、今夜だよね？

それじゃまた後でね、おじさん☆』

ふたたび可愛いスタンプが貼られ、場が閉まる。

多少結びの言葉に引っかかるものを感じはした、が。

（また後で……家に帰ったら報告しろ、ということですか）

話を聞いた以上、気になるだろう。仕事とごまかした以上、何か適当なカバーストーリーを考えておく必要がありそうだ。それもまた頭が痛いが、それ以上に気が重い。

「部長……今夜、残業しましょうか？」

「定時で帰っていいぞ佐藤。……ちょっと働かせすぎたな、すまない」

「何故優しくなるんですか。いつものように冷酷に無茶な要求をしてくださいよ」

「普段絶対定時で帰りたがるマンが残業したがるとか罠《わな》の匂いしかせんわ！　何か知らんがさっさと帰れ。明日はしゃんとしなさいよ、この修羅場の真《ま》っ只中《ただなか》に……！」

ブツクサと唸《うな》る部長にそれ以上何も言えず。

逃げを打つための言い訳を封じられた佐藤は、処刑を待つ囚人のごとく仕事を続けた。

②おじさんと家族の愛情

東京都新宿駅東口地下　ビア&カフェ〝B〟
〝佐藤蛍太〟

新宿《しんじゅく》駅構内東改札から徒歩数十秒の神立地《カミ》。

大勢が行き交う回廊にひときわ目立つ立て看板、そこに行きつけの店がある。

「……女の子と待ち合わせるお店じゃないと思うんですけど？」

「そんな気はしたんですが、ここがいいと勧《すす》められまして」

定時で仕事を終わらせて、アプリで連絡を取りながら。

彼女も自分も土地勘があり交通の便がよく密室ではなくて美味《うま》い店――。

その基準で選んだ店はほどよく混み、仕事帰りのサラリーマンから珈琲《コーヒー》とお茶を楽しむＯＬ、同伴待ちのキャバ嬢や得体《えたい》の知れぬおじさんに至るまで雑多な客層でごった返している。

「よく通りかかるけど、入るの初めて。……どうしてお店の前で野菜とか売ってるの？」

「さあ。店長のこだわり新鮮野菜とかそういう感じではないでしょうか」

疑問に思ったこともなく、佐藤《さとう》は上着を脱いで座ったテーブル席から彼女の手元を見る。

セルフで注文したのだろう、プラスチックのトレイにホットミルクのカップとくるみ大福。

佐藤なら普段絶対に注文しない組み合わせに、微《かす》かな驚きが隠せなかった。

「おじさま。私の制服とか素顔より、くるみ大福ばっか見てるでしょ」

「カウンターで売ってるので気にはなっていましたから。食べたことはありませんが」

「そういうことじゃなくって！　もっとこっちに興味持ってほしいんですけど!?」

不満げな声で咎《とが》められて、佐藤は渋々彼女を見上げる。

佐藤が知っている時代、ひとつ前の元号の女子高生とはまるで違う現代ＪＫ。姪《めい》っ子、光莉《ひかり》とは出勤時間が被《かぶ》らないせいもあって、改めて見ることはほとんどない。

「私の時代は、ゲーセンのプライズなんかをぶら下げた肩掛けカバンが多かったですが」

「いつの話？　今みんなリュックだよ、楽だし」

特に短くもない膝丈《ひざたけ》のスカート、ソックスはくるぶしのやや上か。革靴ならぬ歩きやすそうなスニーカー履《ば》きの制服姿は、佐藤にとっては通勤路で毎日見かけるものである。

変装なのか、佐藤が知る彼女とは髪の色も変わって黒く、驚くほど普通の――どこにでもいそうな女子高生としか思えない、現役トップ配信者《スイレン》の素顔がそこにあった。

「変装して来てくれるとは助かりますね。別の意味で危険度は増しましたが」

「ああ、制服？　学校帰りそのまま来たし。着替えて来た方が良かったかな」

「……そういうわけで、すいませんが少し離れてくださいい、できれば隣の席で」

「ビビりすぎ！　コソコソしてたら余計怪《あや》しいでしょ、堂々としてれば大丈夫だって」

じろりと佐藤を睨《にら》むように見下ろし、同じテーブルにトレイを置いて。

「ダンジョンとぜんぜん雰囲気違うんですケド――おじさま、だよね？」

対面《トイメン》に座ったスイレンは、値踏みするように佐藤を眺めた。

店の隅のテーブル席。辛《かろ》うじてふたり座れる小空間に、肩を縮めるように収まっている男の印象は、驚くほど細くて頼りない。それはそうだ、意図的にそうしているのだから。

「普段は覇気を抑えていますから。こんなもんです。現代社会において戦闘力は無用というか、基本トラブルを招くだけで、大して必要ありませんので」

「だからなの？　ダンジョンで会った時より、おじさま……その、ちっちゃくなってるの」

「ちょっとした調整です。慣れれば体格や体形もある程度操作できるので、便利ですよ」

筋肉、骨、あらゆる《強者《つわもの》》の気配を安背広に封じ込めて。

コーヒーを手にちんまりと座っていた佐藤は、はあと諦《あきら》めたように息をついた。

「で。プライベートな相談事、と認識していいでしょうか」

「あー……うん、そう。事務所とかチャンネルとか、関係ないし」

気を落ち着けるためだろう、ホットミルクのカップをひとくち分だけ傾けてから。

「白玉水蓮《しらたますいれん》。都立高二年。成績はそこそこ。――これ、学生証」

「拝見します」

差し出された学生証の証明写真と目の前にある顔を、佐藤はさっと見比べた。

顔写真は間違いなく彼女と一致している。しかし、そうなると……。

「隠す気なさすぎでしょう。ほぼ本名じゃないですか」

「そうでもないよ？　学校はフツーに通ってるけど、バレたことないですし」

「身バレを恐れないあたり現代っ子は強いな、と感じますね」

「おじさん世代が必要以上にコソコソしてるって言うか、やたらインターネットに個人情報を出したがらない感あるんですけど。SNSで顔よりアニメのアイコン使う的な」

「残念ですがSNSそのものをやりません。怖いでしょう、アレ」

むしろ佐藤にとって、他人が平然とあれを使いこなしているのが恐ろしい。

百万単位の人が行き交う往来《おうらい》で、大声で話すようなものだ。群衆に紛《まぎ》れて誰も自分になど注目しない、というのはただの不用心にすぎず、騒ぎを起こした瞬間即座に捕まるディストピア。

故《ゆえ》に怖いし近づかない。そんな男にとって、素性《すじょう》を明かすのは勇気がいることだが、

「――申し遅れました」

先に彼女に正体を告げられた以上、誠意には誠意で返すしかない。

「《冒険書房》営業部社員、佐藤蛍太《けいた》と申します。――どうぞよろしくお願いいたします」

「え、どしたのおじさま、突然。……キモっ」

「…………」

心がグサッと傷ついた。

佐藤が誠意を込めて差し出した名刺をつまんで受け取り、スイレンは不満げに言う。

「いきなりビジネスっぽくならないでよ、びっくりするんですけど」

「社会人として当然のたしなみです。社会的距離感は大切にする方なので」

「慇懃無礼《いんぎんぶれい》、って言葉もあるじゃない。もっとこう、砕けてほしいんですけど？」

距離の詰め方がエグい。

これが今時の若者なのか、テーブルにグイグイ身を乗り出して迫ってくる。

「《冒険書房》って……あれだよね。なんかコンビニで売ってる雑誌の」

「《アドベスタンス》ですね。冒険者専門情報誌、的なものです」

まあ私は営業なので中身はほとんど知りませんが、と佐藤は内心付け足して。

「ゴメン、あんま読まない。……今度読んでみるね？」

「そんな必要ありませんよ。現役の方から見て大した記事は載《の》っていませんから」

「……売ってる人がそれ言っちゃっていいんだ」

「売るのが仕事で誌面作りは専門外ですので。内容がまともなら売り上げも伸びているでしょうし、広告も埋まるでしょう。そうならない時点で大したことないんだな……と」

「……素《す》でめちゃくちゃ自分の会社の人たちに失礼じゃない、おじさま……？」

「はあ」

気づけばＪＫはドン引きしていたが、佐藤にとってはどうでもよかった。

正直なところ、さほど機嫌を損《そこ》ねることなく本題に入り、できればさっさと帰宅できれば最善。ただでさえ見知らぬ女子高生と密会とか、知り合いに見つかろうものなら大問題である。

呆れて帰ってくれれば助かるのだ。かといって自分から席を立ったり、相手の要求を無下《むげ》に断ったりするのもＮＧ。正体をばらされる恐れがある。なので本音を全開にし、向こうが帰りたがるよう仕向ける。

（考えてみれば、特に取引関係にあるわけでもないですし）

業界に悪評をばら撒《ま》かれたり個人情報を拡散されさえしなければ、それでいいのである。

ことさら好印象を持たれる必要もないし、ご機嫌取りの必要もない。せいぜい嫌われない程度に話を聞いておけば、あとはつまらないおっさんのことなどすぐ忘れるだろう。

そもそも佐藤、この店でビールを注文してない時点でかなり遠慮しているつもりである。

めっちゃ美味《うま》いのに。レバーパテもソーセージも死ぬほど合うし、ああもうたまら――、

「おじさま、今違うこと考えてたでしょ」

「ビールのことだけ考えてましたね」

「リアルの顔合わせでここまで興味持たれなかったの初めてなんですけど!?」

失礼を通り越して驚いたらしく、水蓮はなぜか愉快げに言った。

「想像通りって言うか……想像よりめちゃくちゃで、変な人」

「どこにでもいる平凡なサラリーマンだと思いますが」

「……平凡なサラリーマンは、夜な夜なダンジョンでモンスター打ったりしないんですけど」

「勝手にいい球飛んでくるから便利なんですよ、あそこ」

「……それだけ？」

「それだけですが、何か」

「いや、普通あるじゃん。お金とか名声とか再生数とか」

「どうでもいいですね。あれで食ってるわけでもありませんから」

水蓮がプロなら、佐藤はアマチュアだ。

真剣さが足りないと言われようが、それで飯を食っているわけでもない。

サラリーマンとしての給料で充分食えているし、佐藤としては自分が冒険者だという自覚もほとんどないのだ。仕事帰り、バッセンの特別コースに立ち寄っているだけ……のつもりで。

「……そのわりに、配信はやってるんだ」

「？　してませんが」

「え、だって。《新宿バッ――」

「わ～～～～～～～～～～～～～～～～～～～～～～～～～～～～～～っ!?」

水蓮の言葉を遮《さえぎ》るように、突然横から奇声があがった。

「偶然だね、おじさんっ☆　なになになに、何話してるのかなっ⁉」

「光莉さん⁉　……テンションがおかしなことになってますが、なぜここに？」

割り込むように置かれたトレイには、かじりかけのオレンジケーキと日替わりハーブティー。カモミールが香る湯気より熱く息を切らして、甘原《あまはら》光莉がそこにいた。

（……制服姿は久しぶりに見ますが、我が姪ながら）

美人である。ほぼ枯れ切った佐藤が見ても美しい。若々しい元気さというか明るさが太陽の光のごとく発散されて、どちらかといえば淑《しと》やかで落ち着いた雰囲気の水蓮とは対照的だ。

短めのスカート丈やむっちりとした太腿《ふともも》といい、現役トップ配信者に存在感で負けていない、というだけで大したものだ……とは、思うのだが。

（今のこの状況って、かなりまずいのでは……）

困惑《こんわく》のあまり、思わず佐藤が天を仰《あお》いだ隙《すき》に、光莉はグイッと身を乗り出して。

「偶然だよ？　決しておじさんと女子高生の密会が気になったわけじゃないかんね？　あ〜、お茶しよっかな〜って思っただけ！　それだけ。ほんと、ぐーぜーん！」

「……さすがにそれは通らないと思うんですが……」

店選びに助言を求めた以上、今日のことを光莉が知っているのは当然だ。

しかしここを選んだのは佐藤自身で、それは光莉に話していない。どうやってこの店、この場所で会うと知れたのか？　疑問を口にする前に、つんと佐藤の袖《そで》が引っ張られた。

「おじさま？　……あのコ、誰？」

「姪です。諸事情ありまして、同居中なのですが」

声を潜《ひそ》める水蓮に釣られて、佐藤は小声で答えた。

「店選びなどで相談したので、心配してついてきてしまったようですね。申し訳ありません」

「それはいいですけど……私のこと、話しました？」

「いえ、特には。取引先のご息女、とか適当に誤魔化した記憶がありますが」

「ならいっかな。じゃあ私のことは内緒で……」

中年男の耳元に、そう水連が囁《ささや》きかける。その頼みを佐藤がすべて聞かされるよりも早く、

「DOOMプロのスイレンちゃん。……でしょ？」

「……人違いです、けど？」

とぼけた嘘はいかにも苦しく、光莉は容赦なく突っ込んでゆく。

「無駄無駄。今は化粧してないけど、よく見たら顔同じだし、噂通り都立の制服。界隈《かいわい》だとそこ通《かよ》ってるって有名だよ？」

「マジ？　……そんな噂あるの、聞いたことないんですけど!?」

「DOOMプロって事務所は厳しいけど、所属の配信者さんに口軽い人多いんだよね～……。SNSの個人メッセージとかで漏《も》れまくりで、関係者にはバレバレって感じ？」

「知らなかった……！　って言うか、ヤケに詳しくない？」

「ふっふ〜ん。それはね〜!?」

自信満々、態度デカめににゅふふと笑い、光莉は堂々と自《みずか》らのスマホを突きつける。

「祝・登録者数一五〇〇人突破ぁ！　《忍道《にんどう》ヒカリｃｈ》よろしくねっ、にんにんっ♪」

「同業者かあ……。あれっ？　もしかして……」

置いていかれているな、と佐藤は感じていた。

そして女子のトークに割り込むと、たいがいロクな目に遭《あ》わない。良くて冷たい目で見られ、悪ければ何しゃしゃってきてんのこのおっさん、と後々まで言われるハメになる。

数々のめんどくさい飲み会で、同僚に連れていかれた合コンで、興味のないトークの渦に飲み込まれることなく切り抜けるために、佐藤が編み出し磨いてきた会心の技。

睨《にら》み合う若者たちをよそに、気配を消して席を離れ――、

「どこ行くの、おじさま」

「他人事《ひとごと》みたいな顔で帰ろうとしないでよ、おじさん！」

「……すいません」

――社畜奥義《さりげなく直帰》、破れたり。

たちまち死んだ目になった佐藤の耳に、ふたりの会話は届かない。もはや自分が何のために呼ばれたのかすら曖昧《あいまい》となり、ひたすら耐えて聞き流すマシーンと化していた。

「もしかしてあなた《新宿バット》の……中の人？」

「ふぇっ!?　ち、チガイマスヨ……？　何言ってるのかわかんないな、スピースピー♪」

「口笛ヘタすぎ。ごまかせてないし……あ～、それならおじさまが何も知らないの納得だわ。良くないよ、こっそり晒《さら》すとか裏切りじゃん。引くわ～……」

「な、何のことかな～……？　それよりも超大手のＤＯＯＭプロさんが、よりによって素人《しろうと》をイヤらしい手を使って引き抜きとかどうなってんの!?　世論に訴えたら絶対勝つよ!?」

「い……いやらしくないし!?　おじさまが強すぎるから話聞きたかっただけ！　あの強さ、それこそ現役配信者の誰より上じゃん！　世界クラスの才能だよ!?」

「わかる。おじさんヤバい。そしてだからこそ渡さないもん、おじさんはあたしの!!」

（この店に来てビール頼まないのって犯罪だよなあ）

ソーセージをポキッとやってビール、酸っぱくてウマいザワークラウト。ああ飲みてえなあ。

というか勤務時間外に俺は何をしているんだ。呼ばれたから来ただけではあるんだが。

と、佐藤が意識を飛ばしてとりとめもないことを考える中、ＪＫ二人の小声のバトルは続く。

「独占欲ヤバ……。って言うか、それっておじさまを利用したいってこと？」

言葉に棘《とげ》が交じりだし、ビールのことだけ考えていた佐藤の意識にチクリと刺さった。

「そういうのって卑怯《ひきょう》じゃない？　おじさまに頼って、おじさまを利用して得しようとしてる。悪意がないって言うかもしれないけど、それってただズルいだけじゃん」

「……う～～～～……！　そんなことないの！　違う、それ絶対違うから！」

「具体的にどう違うの、感情的に否定するんじゃなくちゃんと説明してみて。わかんないし」

追い詰められた格好で、ぐっと光莉は息を呑む。その顔を見て不意に、佐藤は思った。

（――姉さんの娘だなあ）

困った時の顔がそっくりだ。言葉足らずで、よく誤解されて、うまく説明できないけど何か言いたいことがある時の顔。子供時代に見慣れていて、そして最近改めて見た顔だった。

「光莉さん」

「ふえっ!?　お、おじさん……今の話、聞いてた!?」

「ほぼ聞き流していましたが」

女の話には、余計な口を挟まず最後まで聞け、とは姉にさんざん叩き込まれている。

すぐ結論を出して終わらせようとする佐藤と、答えが出なくともいいから聞いてほしい姉。同じ家に住みながら真逆の姉弟《きょうだい》。それでも互いを大切に思っているのは間違いなくて。

「私以外の誰かに、迷惑はかけていませんね？」

「……え？　うん、して……ない！　ミヤは……迷惑じゃないよね、友達だし」

「ならいいですよ。利用してください」

は？　と疑問を呈したのは水蓮だった。

「いいの!?　おじさま……めっちゃ利用されてるっぽい感じだよ？」

「かまいませんよ。答えから言いますが、私は家族が好きですから」

「……めっちゃストレート。欧米？」

「事実ですから。そして現在、私の家族は姉さんと光莉さんのふたりだけです。振り回されることも多く、困ることもよくありますが、それはそれで——」

水蓮に言い聞かせてから、佐藤の目は光莉へと向いた。

「おじさん……？」

びくっと一瞬震えるのが見えた。怒られる、そう恐れを感じた怯《おび》えだった。

古くは弟の皿から唐揚げをひったくった後の姉、新しくは光莉を連れて実家に現れ、玄関でおずおずと弟の顔色を窺《うかが》っていた時の姉と同じ、寄る辺《べ》なきものの怯え。

(的外《まとはず》れもいいところだ)

母も娘も揃《そろ》ってこうだ。わかってない、何もわかっていない。

確かに佐藤は他人に利用され、搾取《さくしゅ》される人生にモヤモヤしたものを抱《かか》え続けてきた。

笑顔の仮面の裏でふざけんなと悪態をついてきた。

だが、家族は別だ。

そこは唯一《ゆいいつ》の幸福の拠《よ》りどころかもしれない。

世の中には家族からさえ無限に搾取され続けていると考え、疲弊《ひへい》してしまう人もいるだろう。

だが幸いにも彼の感覚では、そこにストレスは感じなかった。

佐藤にとって家族に頼られることは、どこまでも無限に頼られたとしても、彼の価値観では搾取のうちには入らず。

「何をどうされようが、私は家族が好きです。愛しています」

私が愛するもの、好きになっていいものは他にないから。

「裏切られようが、脛《すね》を齧《かじ》られようがかまいません。家が欲しければ渡します。お金なら私がギリ死なない程度まで出しますし、利用とやらが何かはわかりませんが」

好きにすればいいのだ、と佐藤は思う。

「私が愛せるものは、姉さんと光莉さんしか残っていませんから」

それ以外にあるものといえば、この無駄に頑丈な身体と――、
十八年前には誰ひとり救えなかった、無意味な《暴力《バット》》だけだから。

「それで幸せなら、かまいません」

結果、自分が不幸になったところで、姉と姪が幸せなら納得できる。

金が欲しければ持っていけ、家が必要なら明け渡す、何か利用できるのなら利用するといい。

気が咎《とが》めるのなら何も話さなくていい。いくらでも耳を塞《ふさ》ぐし目もつぶるから。

この無価値な佐藤《じぶん》のかわりに。

どうか、幸せに生きてくれ――と。

佐藤蛍太は、自分が《いい人》だとは思わない。

そう演じているだけだ。害のない〝優しい人〟の仮面を被り、内心不満や怒りを溜め込んで、陰湿な3カウントを数えてからダンジョンに潜《もぐ》って八つ当たり。

そんな男に残ったもの。無償で愛せるものが姉であり、姪という、家族なだけだ。

「……どんだけ重いの、おじさま!?」

「そうですか？　だいたい皆、こんなものでは」

愛に答えはいらない。報酬もいらない。見返りなど、いらない。

「だから、私のかわりに怒らないでください。ありがとう」

「はああああああああああああ!?　何、何!?　うわわ、わわわわっ……!!」

感謝を伝えただけだが、効果は覿面《てきめん》だった。

言われた水蓮は息荒く、赤くなった頬を手で挟むようにしてうつむいた。

「そんな言い方ずるいじゃん……！　カッコよすぎるよ、おじさま……！」

「はわ、あわわわわわ、あわわわわわわ……！」

「アンタも何震えてんの!?　めっちゃ愛されてるじゃん、何か言ったげて！」

「むり……しゅきぃ……！　しゅきぴが強すぎて胸いっぱい……！」

耳まで赤くなった光莉は、照れに照れた末に語彙《ごい》を失っていた。

「あたしのこと好きすぎだよ、おじさん!?　ここまで愛されてるとか思わないじゃん！」

「ええまあ、言ったこともありませんでしたし」

「言ってよ！　百億万回言って！　毎日キスしながら言ってもいいよ！　あとお母さんにも言ってあげて！」

「キスはしませんし、姉さんに言うとプロレス技が飛んでくるので」

そしてめちゃくちゃ上機嫌になる、姉と弟のいつもの流れだった。

「毎日KOされるのは困ります。それに、繰り返すと言葉は軽くなるので」

たまに、必要な時だけ言うくらいでちょうどいいと佐藤は思う。

好きだという気持ちは、愛は、ただ己《おのれ》の中だけにあればいい。

かつて結婚して遠く離れた姉に連絡を取ろうと思わなかったのもそうだからだ。幸せであればいい。そう完全に割り切っているし、そこに自分がいる必要はないと切り捨ててでも。

「ところで、白玉さんに呼ばれた理由についてですが」

「……あ、うん。もうだいたい終わっちゃった……かな？」

話を進めようとした佐藤に対し、白玉水蓮は儚《はかな》げに笑う。

「おじさまのこと、もっとよく知りたかったんですけど。でも……すごくいい人だってことは、そこの姪っ子さんを見てわかりましたし？　このまま解散でもいいくらい」

「夜間、未成年者を連れ回すのは気が引けますから、助かりますが」

これで帰れるものならひと安心である。だが、気になることがあった。

「白玉さん」

「名前で呼んでくれません、おじさま？」

「……こちらを窺っている男性客は、ご友人ですか？」

「え!?」

ピクリと反応しかけた水蓮を目で制し、佐藤は振り向くことなく様子を探る。

ジャージ姿の男がふたり、ビールとつまみを手にしている。混雑する人気店だ、席に座れるかは運しだいで、立ち飲みの客も珍しくない。だが、決定的に周囲と違うものがある。

「おじさん、あれ……!?」

「しっ」

声をあげかけた光莉の口先に人差し指を立て、空《から》のカップに口をつけるふりをして間《ま》を繋ぐ。

（チンピラ風ですが――素人《しろうと》というわけでもない、か）

瞳は動かさず、視界の端に捉《とら》えて観察する。夜に街をうろつく姿が似合う、荒れた気配の男。

派手なジャージに威圧的な髭、目元を隠すサングラス――すべてに薄い魔力を感じた。

「低ランクだけど、防御魔法がかかった装備。冒険者だよ、おじさん」

「白玉さんに気づいたファン……ならそれで終わりですが、そんな空気でもなさそうだ」

男たちが水蓮を睨む目には、害意があった。

目立つ武器は持っていないが、冒険者の装備はしようと思えばポケットひとつで持ち運べる。

長年のダンジョン開発の賜物《たまもの》で、物質を圧縮し、持ち運びを容易にする類《たぐい》の道具は何年も前に開発されていた。ごつい大剣も巨大なハンマーもコンビニのレジ袋はおろか、ジャージのポケットにさえ収まってしまうのだ。

「白玉さん、心当たりは？」

「ないですけど……まさか、あの人たちですかね？」

佐藤をここへ呼び出す理由にした《べりぐっど》――やらかしたわりに処分は軽く、逮捕もされていない。それ以外につけ回される覚えもないようだが、彼女としてはまさかそんなわけないだろうという気持ちが勝っているようだ。

「普通に考えると、連中があなたを襲う理由なんてありませんからね。何の得もない」

「ですよね……」

水蓮を襲って何かしら危害を加えたところで、腹いせ以上の意味はない。

金が儲《もう》かるわけでもない、処分が覆《くつがえ》るわけでもない。炎上沙汰《ざた》が収まるわけでもなく、配信者としては致命的な悪評がさらに高まり、ガチの犯罪者に成り下がるだけだろう。

総合的に考えて無意味だ。しかし――、

「ですが、世の中には無意味なことをそうとわかっていてやる馬鹿もいます」

苦い記憶から、佐藤は学んでいた。

自分の無力を思い知らされた十八年前の《厄災《やくさい》》。モンスターが街を蹂躙《じゅうりん》した《迷宮災害》のただ中で嫌というほど見せつけられたヒトの醜《みにく》さは、今も心に癒《い》えない傷を残している。

「通報するだけ無駄でしょう。冒険者間のいざこざに、警察は腰が重いですから」

特に今回はまだ何もされていない。ただチラ見しながら飲んでいるというだけで通報しても、こちらの被害妄想だと判断されるだけだ。警察は事件が起き、人が傷つかねば何もできない。

それではあまりにも手遅れで、傷ついた心は戻らないのに――。

「念の為、手を打った方がいいでしょう」

「おじさま……？」

冒険者としての実力なら、トップ配信者であるスイレンは格が違う。

たとえ危害を加えようとしても余裕で返り討ちにできるが、それはダンジョン内での話だ。

異世界の物理法則が薄いダンジョン外での戦いはモンスター戦とは違い、コツがいる。

(万が一があると思えば、首を突っ込まないわけにもいきませんね)

放置して最悪の事態になろうものなら、寝覚めがものすごく悪い。

夜間女の子をつけ回すような輩《やから》が、損得や利害に関係なく何をしでかすかと思えばひとつだ。

そんなろくでもない結末を見るくらいなら、面倒でも手出しした方がマシだろう。

「どうするの？　ねえ、どうするの、おじさん!?」

なぜかわくわくしながら自分を見ている光莉のためにも、見捨てるわけにはいかず。

「では――」

男たちの視線を受けながら、佐藤はふたりにある考えを囁いた。

③スイレンVS誘拐魔VS地味なおじさん

東京都内某所　白玉家付近
〝白玉水蓮〟

——想像してたのとぜんぜん、違ったなって。

最寄《もよ》り駅から自宅へ続く夜道を歩きながら、白玉水蓮《しらたますいれん》は思った。

無理のある理屈で呼び出した男——佐藤蛍太《さとうけいた》、《新宿《しんじゅく》バット》。本人はまるで知らないままトップ配信者の一角に躍《おど》り出た人物は、彼女が知るどんな冒険者とも違っていた。

ダンジョンがもたらす利益に溺れた山師。リスクを避けて稼ごうとする合理的ビジネスマン、ひたすらバズろうとする目立ちたがりに正義マン。善《よ》きも悪《あ》しきもあらゆる人が集まる中で。

「どうかしましたか？」

先導するように歩く佐藤蛍太は、ひときわおかしい。

待ち合わせ場所のビアカフェで見た佐藤の素顔は、ダンジョン内のそれとは大違い。

覇気を抑えているとか言っていたが、超重量級のマッチョ体形が役所のおじさんめいた細身に変わり、表情の印象もガラリと違う穏やかな顔つきで、同一人物とは思えなかった。

「おじさまって変な人、って思ってた」

「そうでしょうか？」

佐藤の答えに迷いはなく、物腰こそ柔らかいが揺るぎなく。

「おかしいのはきっと世間の方でしょう。私は普通ですから」

「メンタル地味に強くない、おじさま？」

「自分を殺して生きてきましたので」

たとえではなく、この人にとっては真実なのだと思った。

どんな風に生きればこんな人が出来上がるんだろう？　十六、七年ほどしか生きていない彼女にはさっぱりわからない、有形無形のあらゆる圧力に潰《つぶ》されて固まった、社会人の成れの果て。

見た目はどこにでもいる真面目《まじめ》なおじさん。

けどその中には、半熟卵みたいにドロドロした、熱くて重い何かが詰まっている――。

「光莉《ひかり》ちゃんだっけ？　おじさまの姪《めい》っ子ちゃん」

「そうですが、それが何か」

「うらやましいな、って。家族がいるっていいよね」

「失礼ですが……ご両親は？」

「ママだけ。パパの顔は知らない。……十八年前に、ちょっと」

十八年前、《迷宮災害》が起きた年。

ひと世代上の大人は必ず引っかかる匂わせに、佐藤はピクリと反応した。

「……そうですか」

すまなそうな顔に、水蓮はやっぱり、と思った。

このひとは優しいのだ。冷たく装《よそお》っていてもごまかせない温かさがある。だから見知らぬ小娘がちょっと悲しい過去を仄《ほの》めかしただけでも、甘く優しく心を揺らしてしまうのだろう。

「おじさま、ちょっと……かわいいんですけど♪」

「大人をからかうものじゃありませんよ。私は一介のサラリーマンでしかない」

困ったように言葉を選んで、佐藤はため息をついた。

「今回は特別です。ダンジョンの中や仕事の上で顔を合わせたとしても以後は他人——無関係。そう振る舞ってください。趣味を仕事やプライベートに絡《から》めたくないので」

「なに？　そのナンパされて予防線張る女子みたいなの」

「苦手なんですよ。仕事とプライベートを絡めたり、何かができることを人に知られるのは」

指で空中に正方形を描くように動かしながら、佐藤は言った。

「大切なのは区切りで、きっちりと分けていないと気分が悪い。それを逸脱すると面倒くさい。

三角定規《じょうぎ》を運ばされたり、ゴミを捨てに行かされたりと余計な仕事が増えていく」

「トラウマあるのはわかったけど……なんか、ちっちゃくないです？」

「小さな傷が知らぬ間にデカくなって、気づけばすっかり爛《ただ》れている。よくあるんですよ」

そうして自分を守らないとダメだと、これまでの人生で学んだのか。

学ぶまで、どれほど重荷を背負ってきたのか――水蓮にはわからない。

「ベタベタされたくないいんだ」

「ええ、まったく」

「ならサバサバしてればいいの？　メッセージは即返しなくていいし、通話もねだらないし、そばにいてくれなくても平気。だから……お願い、聞いてほしいんですけど」

「……っ」

予想通りのめっちゃ嫌そうな顔に、ゾクゾクする。

このひとは本当に優しい。優しいから人を遠ざける。近づけて抱きしめようものなら、もう離せないとわかっているから。心を許してしまえばとことん甘い自分をわかっているから。

冷たい言葉と態度で壁を作っているだけだと、わかってしまった。

「お願い、おじさま！　私と――………！」

決意をこめた告白は。

……キイイイイッ!!

甲高《かんだか》いブレーキ音に遮《さえぎ》られ、おじさんが彼女を庇《かば》った。

「え？　何!?」

「すいません、話は後で」

ふたりの眼前、路地の幅にぴったり嵌《はま》るサイズのバンが急停車し、ドアが開いた。

乗っているのは四人。うち二人は待ち合わせたビアカフェにもいたジャージ姿の男たちで、威嚇《いかく》するかのように指を鳴らし、ニチャリと笑いながら水蓮を睨《にら》む。

「男はボコっていいんスよね、センパイ？」

「あー。マネージャーか何かだろ、好きにすれば？　……スーツの野郎見るとムカつくし」

残る人影が、ジャージ男たちに指示を飛ばす。

車内ランプの薄明かりに照らされた顔。造りは整っているが悪意に歪《ゆが》み、物騒な形のナイフを弄《もてあそ》んでいる。まるでそれで誰かを傷つけるさまを妄想し、興奮しているかのようだった。

「《べりぐっど》の……ポテト!?　嘘、まだ凝《こ》りてないの!?」

「懲りる?　はあああああ!?　俺悪くねえし、何言ってんのクソブスがッ!!」

口角泡を飛ばすといった言葉がふさわしい怒声をあげて、ポテトは車を降りた。

運転していた男も窓を開け、肘《ひじ》をつきながらニヤニヤと笑っている。その他の二人も含め、全員場慣れした様子で、凶暴さを匂わせるように拳を固めた。

「案件台無し、チャンネル削除、資格も停止だあ?　……ざけんなっての大損じゃん。コレさ、全部アンタのせいなんだよね、スイレンちゃんよ。賠償してくんね?」

「……いくらなんでも、ここまで馬鹿だとは思いたくありませんでした」

答えたのは水蓮ではなく、本気でうんざりした佐藤だった。

「迷惑行為を吹っかけたのはそちらですし、非は全面的にあなたにあるでしょう。本来ならば警察沙汰《ざた》になるところを、冒険者という身分のおかげで助かっただけです。逆恨みでは?」

「ムカつくなテメエ、誰だか知らねーが、あのクソマッチョメガネを思い出すぜ……。疼《うず》くんだよなあ、キンタマがよ。勃《た》たなくなったらどうすんの、あぁ!?」

「わかりませんか。……当たり前ではありますが」

面倒くさそうな表情で佐藤は言い、その傍らで水蓮は見た。

(おじさま、ぜんぜんビビッてない)

迷宮外で戦えない冒険者は珍しくない。

何故なら、強すぎるからだ。兵器に匹敵するモンスターを倒す冒険者が一般人を殴ろうものなら、どれほど手加減しても死なせてしまう。そして迷宮外で殺した命が蘇《よみがえ》ることはない。

それは冒険者同士でも同じだ。外では争わない、よほどの理由がないかぎり不戦は不文律《ふぶんりつ》。破ろうものなら一時停止どころか冒険者資格剥奪《はくだつ》から逮捕、服役まである。

「…………っ！」

水蓮は細かく震えていた。

ベテラン冒険者も怯《おび》えて当然の場面。迷宮外での暴力沙汰《ざた》は未経験で、普通は怖い。

だが――佐藤は、凪《なぎ》のごとく落ち着いていた。

「若い人は知らないでしょうが、よくいたんですよ昔は。……急激なレベルアップは良くない。インスタントに得た力による万能感が自意識を肥大させ、人格に悪影響を及ぼします」

「あ。……それ、聞いたことあります。冒険者資格の初期講習で」

「それですね。通称パワーレベリング症……筋肉増強剤などの投与による急激なドーピングに近いです。症状は性欲の肥大、攻撃衝動の激化など。急なストレスで悪化することも」

「てめえら!!」

ふたりの会話を遮るように、ポテトが喚《わめ》く。

「ぺちゃくちゃ喋《しゃべ》ってんじゃねーぞ!!　ぶっ殺されてえのか!!」

それを合図に、ジャージの男たちが迫ってくる。

武器は持っていない、素手だ。しかしそこそこの位階に達した冒険者となれば、殴るだけで車のボンネットを叩き潰《つぶ》し、ブロック塀をぶち破るくらいの威力は軽く出せる。

「オラァ!!」

迫る凶器、ふたりの拳を前に、佐藤は――


「あ!?」

「げ!?」

「え?」


――見えなかった。

迷宮外とはいえ、トップクラスの冒険者である水蓮の目ですら捉《とら》えられない一瞬で。

ふたりとも路上に転がり、ピクリとも動かなくなっている。

「お、おじさま……何したの!?」

「怪我はさせてません。今あまりストレスも溜めてませんから、殴る気にもなりませんし」

種を明かせば難しいことでもない。冒険者ならぬ凡人でもできることだ。

「素人《しろうと》でも冒険者ですから、連係が身についてるんですよ。モンスターは的《まと》が大きいですし、タフなので前衛が複数いる場合、同時に攻撃してダメージを稼ぐ」

ほぼ同時に殴ってきた。互いに密接しながら相手に当てないように、蹴らずに拳で。

だが当然お互いの距離は非常に近く、緻密な連係は軽い邪魔が入るだけで自爆する。

「技を使ってくるモンスターなんてそういませんからね。足元がお留守で警戒もしていない。ちゃんとした格闘技経験があれば違いますが、根性だけのチンピラなので」

「つまり……どゆこと？」

「転ばせただけですよ。突っかかってきた拳をいなして足を払えば勝手に自滅します」

距離が近いから勝手に仲間を巻き込み、なまじ馬力が強い分ダメージもデカい。

交通事故のようなものだ。激突した男たちは怪我こそないものの目を回し、気絶している。

「こ、こいつ……マネージャーじゃ、ねえのかよ!?」

「逃げるなら逃げていいですよ。一部始終は撮影してあります」

目を丸くするポテトに、気《け》だるげに首筋を撫でながら佐藤は言った。

「車のナンバーと、ここにいるお仲間ふたりがいれば証拠は十分でしょう。近く警察が伺《うかが》うと思いますので、大人しく待ってくれると助かります。私人逮捕より楽なので」

佐藤が指した夜空には、小さな影が浮いていた。

狐を象《かたど》ったぬいぐるみのようなドローン——隠密スキルは使っておらず、空中に浮いた姿はそれこそ妖怪じみていたが、宵闇《よいやみ》に溶け込んで目立たずカメラを向けていた。

「ドローン!?　まさか……オレたちが来るのを読んでたってのか!?」

「尾行が下手《へた》なんですよ……。私が送っていけば止《や》めるかと思いきや普通に襲ってきますし、もう少し慎重にやってください。犯罪者の自覚が足りないのでは？」

チャンスは与えたつもりだ、と佐藤は言った。

尾行者の気配を察した時、水蓮を家まで送ると申し出た。そして解散と見せかけて別行動をとった光莉がやや離れて帰宅するふたりを撮影し、証拠を残す。

「あのコがドローン使えるのはわかってたから。バッチリだったでしょ？」

「生身でついてきてもらうよりは安全なので助かりましたが、なぜそんなことまで……」

「そこは……まあ、内緒ってことで。自己紹介したんだよ、たぶん」

「はあ」

ともあれ、成人男性である佐藤がついていることで襲撃を止めてくれれば、それで済んだ。あとは尾行者の存在をＤＯＯＭプロに伝えて対処させれば面倒ごとなく終わったのに。

ポテトがそれでも襲ってきたことで、それで済まなくなってしまった。

「もう少し冷静なら気づけたと思いますよ。こうなった以上、逃がして他の誰かを傷つけても寝覚めが悪いので、きっちり警察か病院に引き渡しますが……それでいいですか？」

「い、い、いいわけあるかッ!!　てめえをブッ殺してから逃げてやんよ!!」

「お、おい、ポテト!? 降りんな、逃げ……！」

「うるせぇッ!! ビビってんじゃねぇ!!」

バンを運転していた男が運転席から振り返り、激昂《げっこう》するポテトを止めようとした。しかし説得も虚《むな》しく、八つ当たりのような拳が入る。ぶん殴られた男は運転席に倒れると、もたれかかったハンドルからクラクションがけたたましく鳴った。

「殺してやる……！ 死ね、死ね、死ねえええええっ!!」

「……嫌だなあ、まったく」

車を降りたポテトの手には、いかにもチンピラが好みそうな凶器――飛び出しナイフがある。迷宮でも使っていたのか、多少の魔力強化が施《ほどこ》され、外見以上に殺傷力は高い。

「そんなの出されたら、加減がし辛《づら》くなるんですが」

「チョーシこいてんじゃねえぞ、コルぁッ!! ブッ殺してやる!!」

「おじさま……私も！」

叫ぶポテトを前に覚悟を決めて、水蓮が前に出ようとする。

元はと言えば自分のせいで巻き込んだのだ。このまま守られているばかりでは……と。

「大丈夫ですよ、すぐ終わりますから」

「でも！」

「子供は大人しく、待っていてください。――守りますよ、必ず」

「ふぁっ⁉」

振り返った佐藤が、イケメンに見えた。

別に顔がいい男ではない。良くも悪くも普通だろう。

だが、乙女心フィルターを通してしまえば面倒くさげな態度は影のある男の渋さに変わり、厄介ごとを避ける大人の保身は頼りがいのある大人と映るのだった。

「ウラァッ‼」

野蛮な声をあげながら、ポテトがナイフで突いてくる。

通販で売っていそうな安い造りだ。殺そうと思えば可能かもしれないが——。

「御存じですか？」

下から突いてくる手を、佐藤は受けた。

「あ～～～～～～ッ⁉」

「対人間の技術は、とっくに完成してるんですよ。格闘技とか、武術とか言うんですが」

半歩退《しりぞ》きながら左手で下段を払い、刃ではなく支える手首を打つ。

刃の狙いが逸《そ》れた瞬間、流れるような動作で襟《えり》を掴み、足元を払う。前のめりになったポテトは軽々と地面に転がり、もろに背中から叩きつけられた。

「うげえっ⁉　げほっ、ご……！　い、いぎが……⁉　ぢぬ、ぢぬう……っ⁉」

「背中から落としましたから。死にませんよ、軽く息が止まるだけです」

投げが決まるタイミングで軽く袖を引き、衝撃自体はやや殺している。

いかに冒険者が超人といえど、身体の構造そのものは変わらない。背中や胸を打てば衝撃で横隔膜《おうかくまく》が痙攣《けいれん》したり、肺を伸縮させる筋肉がショックで、しばしの間止まるのも当然で。

「あげえ……」

白目を剝《む》き、ころんと転がったまま気を失ったポテトを前に。

「とりあえず警察を呼びますか。証拠もありますし、今度は普通に逮捕でしょう」

屈強の冒険者、一時はトップクラスに食い込むと噂された男たち。それを迷宮外で相手にし、傷ひとつ与えずに無力化する。そんな離れ業《わざ》ができる冒険者が、世界に何人いるだろう。

「おじさま……わかってたけどめっちゃ強い。強すぎ……」

この人となら、このおじさまと一緒なら、きっと。

白玉水蓮が配信者《スレイン》となった理由を求め、辿《たど》り着けるのではないかと。

「最高の相棒《パートナー》……見つけちゃったんですけど……？」

「……何か、ゾクッとしました。気のせいですかね」

蕩《とろ》けるように少女は呟《つぶや》き、謎の悪寒《おかん》に佐藤は震えた。

エピローグ

翌日朝　東京都内某所　佐藤家リビング
〝佐藤蛍太〟

「ケイ、こいつお前んとこの関係者じゃなかったっけ？」

「まるで関係ありません」

　波乱から一夜明けた朝食の席。

　早起きした姉が用意してくれた朝食は珈琲《コーヒー》と目玉焼き、適当なサラダに雑なトースト。

　焦《こ》げ目がつく程度に焼いた食パンにマーガリンをだらだら塗りながら、ニュースのライブが映っているＴＶモニターを横目で見ると、佐藤蛍太《さとうけいた》は面倒くさそうに答えた。

「前は関係ありましたが、もう切ってますからね。なので興味もないですね」

「迷宮外で、しかも男四人で女の子襲うとかクズ中のクズだろ。ったく、あたしがいたら全員まとめて金玉蹴っ飛ばしてやったのに……あんたも気をつけなよ、光莉《ひかり》？」

「あ、うん。……あの、ママ？」

食卓を囲む家族。ニュースを見ながら気炎を上げる甘原灯里《あまはらあかり》に、娘はおずおずと訊《き》いた。

「おじさんに聞いたんだけど、空手のチャンピオンだったって……マジ？」

「えらい昔の話するじゃん。まあお母さんにも、青春があったってことで」

昔を懐《なつ》かしむように微笑む灯里に、弟たる佐藤はげんなりと萎《な》えた。

（いい話みたいな顔してるけど、弟としちゃキツかったなあ……）

正義感も気も人一倍強いくせに、寂しがりやな姉だった。

「同じ道場にケイも一緒に通ってたよ。段位取るの嫌がって大会とかも出なかったけど」

「え～!?　知らなかった……おじさんの強さのヒミツがそこに!?」

「サボってましたからそんな大層なものじゃないですよ。もっと強い人は大勢います」

謙遜《けんそん》ではなく、佐藤は本心からそう思っている。

若い頃覚えた武術が役立ったのは事実だ。十八年前、《迷宮災害》に巻き込まれた時も空手の心得があったおかげで何度も助かった、それは確かなのだが。

「当時の姉さんはアグレッシブでしたから……。部活が終わった後もつきあわされてましたよ。筋トレだの型だの組み手だの、うちの庭でさんざんやらされました」

是非ひとりでやってほしかったのだが、姉に頼まれると断りきれず。

姉と実家で同居している間、ほぼ怠《なま》けることなく続けるハメになったのだった。

「あはは……ゴメン。でもお前、部活とか興味なかったろ。いいじゃん？」

「野球部とか入ろうかなって検討していた時期もありましたよ」

「絶対口だけだろ。お前が団体競技やってるとこ想像できんし」

「……それはまあ、同意しなくもないですが」

姉の練習につきあわされてなくても、結局検討だけして入部まではしなかった気がする。スポーツへの興味や関心より、人間関係の面倒くささが勝るのだ。その点空手はまだましで、運動神経がなくとも続けていればそれなりに様になるし、コミュ障でも何とかなる。

「よくわかんないけど……そういうものなの？」

「空手の話しかしませんから。プライベートの絡《から》みがほぼなかったので非常に楽でした」

「……そこだけ聞くとめちゃくちゃおじさんらしい青春だね、空手……」

何故か非常に納得した光莉に解《げ》せない気持ちを抱《かか》えつつ、佐藤は朝食を終えた。

空になった皿とコーヒーカップを台所に下げ、軽く流してから身支度《みじたく》を整える。

「今日はゆっくりじゃん、ケイ。修羅場終わったの？」

「いえ、思い切り仕事の穴は開いたままですが、多少早出したところで無駄ですし」

「たまにあたし、お前がマジメなのかクズなのかわかんなくなるんだけど……」

「普通ですよ。ややブラック寄りのグレー、といった感じですね」

会社に忠誠を尽くしたところで給料が上がるわけでなし、残業代すら出もしない。

なのでほどほど、マアマア、テキトーでいい。

クビにならない程度にこなしつつ給料分の仕事をしながら、溜まったストレスは《外》で発散。それが佐藤のライフスタイルであり、これまでずっと続けてきた生活習慣だった。

「昨夜といえば、アンタらアタシ抜きでカフェ行ったってマジ？　ずるくない？」

「それぐらいいいじゃん……。だいたいママは毎晩遅いし、朝だっていないこと多いし」

「仕事なんだよ～……！　けど寂しいんだよ、わかれよ～！　……次はアタシも連れてって」

「はいはい。休みが取れたら教えてください」

結局のところ、昨夜のトラブルは上々の形で収まったはずだ。

無傷で《べりぐっど》を制圧したあと、通報を受けてやってきた警察には自分の存在を隠し、スイレンが撃退したということで口裏を合わせた。取り調べでポテトたちは否定したが――、

（素人《しろうと》のおっさんよりは、スイレンさんに負けた方がまだ格好がつきますからね）

途中でそう気づいたのだろう、素直に罪を認めたらしい。

起訴されるかどうかは不明だが、冒険者資格は剝奪《はくだつ》。パワレベ症による暴走の可能性があるうちは二度と表に出ることはできないはずだ。

（光莉さんも何とかごまかせましたし、丸く収まった……ということで！）

自分に言いくるめの才能があるとは思わなかったが、意外といけるのかもしれない。

嘘はついていない。佐藤が空手をやっていたのは事実だし、べりぐっどの面々を倒したのは

当時磨いた技術によるものだ。やけに熱っぽく光莉や水蓮《すいれん》に見つめられていた気はしたが。

（若い娘さんを預かってダンジョンに行くとか絶対嫌だしな……）

面倒くさい、ただひたすらに面倒くさい。

ダンジョンというのはひとり、静かに生きたボールをカッ飛ばしに行くところである。

自分は慣れているとはいえ、山菜採《と》りのおじさんが地元の山に登るようなもので所詮《しょせん》素人。

本物の登山家というわけでなし、プロの冒険者になるつもりもなし。

（ほとぼりが冷めるまでバッセンにも行けませんね）

最近は自分の出入りするマイナーな層にも冒険者の姿がチラついて、落ち着かない。

誰もいない穴場を新規開拓するか、あるいは人がいなくなるのを待つか。仕事が忙しいのもあるし、しばらくは控えてもいいだろう。幸いストレスはガッツリ発散したことだし。


「おじさん、スマホ鳴ってるよ。――会社からじゃない？」

「は？」

我ながら嫌そうな声だった。

光莉に言われてしぶしぶ確認すると、その番号は――げっ。

「おはようございます。……プライベートのスマホに朝直通とか勘弁してくださいよ、部長」

『おはよう。悪いと思うが、緊急会議で決まったことを一刻も早く伝えないとまずくてな』

「お偉方に呼び出された、とは聞いていますが」

営業部はもちろん、編集部や他部署の責任者、役員も招集されての緊急会議があったらしい。早めに直帰できた佐藤は知らなかったが、鵜飼《うかい》の悲鳴がメッセージとして届いていた。

そのくせ内容は言わなかったが、部長が朝イチで連絡すると決まっていたから、か。

「まさかこれ以上残業しろとか言わないですよね。どう考えても無駄ですよ」

『わかってる。《べりぐっど》の後釜がそうそう見つかるもんじゃないってこともな』

部長の声は沈み、疲れきって嗄《か》れていた。

今時のキャリアウーマンらしい細身のスタイル、普段なら外資系のOLみたいな顔をしている彼女にしては珍しい。くたびれサラリーマンである佐藤には親近感すら湧くほどだ。

『私が想定していたよりもウチの経営状況はヤバかった。このまま手をこまねいた場合、最悪では《アドベスタンス》休刊から倒産まであり得る。社外秘だ、家族にも秘密だぞ』

「……は？」

朝から聞かされた真実は、胃にドスンと来るほど重かった。

「一応確認したいんですが……ガチですか、それは。嘘や冗談ではなくて」

『私も確認したがガチのガチだ。タイアップがボツになった違約金だの、無理して取った広告の返金だの資金繰りが怪《あや》しい時にガッツリ来て、このままだと非常にまずいらしい』

それはまずい、やばい。

「困りますよ。……もう私、履歴書の書き方とか完全に忘れてますし」

『そう思うだろ？　ちなみに昨夜鵜飼にも言ったが泡噴いてたぞ』

「新卒2年目でそれとか泡も吹くでしょう。私でも泣き叫んでます」

『見苦しいからやめろ。……危機感は共有できたな？　ここからが本題だぞ？』

念を押すように言ってから、部長は声音を改めて言った。

『社長命令だ。今日、鵜飼を連れてＤＯＯＭプロに営業をかけてこい。《べりぐっど》の穴を埋められるのは業界最大手しかない、との経営判断だそうだ』

「……は？」

それはそうだが……それができたら苦労はしねぇ！　という話で。

「取材費の増額は？　あそこに申し込むとなると、うちの額だとひとケタ足りませんよ」

『社長は昔の人だからな。……向こうさんも宣伝になるし、本に載《の》るなら名誉だろ、と』

「それでゴリ押せた時代はとっくの昔に終わってますよ。元号が二つは前の時代です」

しょぼいコンビニ雑誌に載ったからって名誉も何もあるものか。

ＳＮＳでバズる方が価値は遥《はる》かに上である。業界専門の情報誌と言っておきながら業界人はほぼ読まず、素人の斜め読み前提なのが冒険書房の《アドベスタンス》である。

それ以上深く読まれると粗《あら》が出る。取材不足だのネタ不足だの、いろいろと。

「１００％不可能ですが、それでも行けと？」

『仕事だ』

――冷たい言葉はガチであり、抗弁する余地はなく。

「おじさん、大丈夫!?　ものすごい顔してるけど!?」

「……大丈夫です。胃薬、取ってもらえますか」

知られざる英雄、最強の冒険者、晒《さら》され配信者――佐藤蛍太こと《新宿《しんじゅく》バット》。

絡《から》まり合った運命はもつれ、どんな未来に繋がるのか……それは、誰にもわからなかった。

あとがき

はじめましての方ははじめまして、お久しぶりですの方はお久しぶりです。作家、漫画原作者として活動させていただいております、三河《みかわ》ごーすとです。『地味なおじさん、実は英雄でした。～自覚がないまま無双してたら、姪のダンジョン配信で晒されてたようです～』の第一巻をご購入いただき誠にありがとうございます。

今回は久々にダッシュエックス文庫さんで本を出版させていただくことになりました。同じレーベルで長いこと『失業賢者の成り上がり』シリーズを連載していますが、こちらは漫画なので、ライトノベルの出版としてはかなり久しぶりです。校閲の仕方や編集さんのやり方が、出版社ごと、人ごとに微妙に違っているので、慣れない感覚にちょっとドキドキしながら執筆することになりました。

さて、今回の『地味なおじさん、実は英雄でした。～自覚がないまま無双してたら、姪のダンジョン配信で晒されてたようです～』（※私は『地味おじ』と略しています）は、WEBですこし前に流行していた「ダンジョン配信モノ」と呼ばれるジャンルの作品です。

私はふだんWEBに小説を投稿することはほとんどなく、基本的には文庫の書き下ろしのみで活動しています。が、このダンジョン配信ジャンルに関しては流行《はや》り始めの頃から大変興味深く流れを拝見していて、世界観と物語構造の新鮮さ、面白さから、「自分も書いてみたい」

という気持ちがどんどん湧いてきました。

そしてどんな切り口でダンジョン配信を描こうかと考えたとき、世代間ギャップという題材が自然と浮かびました。私自身、ずいぶんと年齢を重ねてきて、だんだんとスマホネイティブ世代の感覚と自分の感覚のズレを意識するようになってきました。一般の人が普段の生活の延長で配信をするような世界……そんな新しい世界に戸惑《とまど》いつつ、若い人と適切な距離を心掛けながら交流していく。この感覚、わりとリアルに描けているんじゃないでしょうか。喜んでいいのかは、わかりませんが……。


謝辞です。

イラストレーターの瑞色来夏《みずいろらいか》先生。素敵なイラストをありがとうございます！　ヒカリの可愛さはもちろんのこと、スイレン、佐藤と、どのキャラクターも活き活きとしていて、もっと彼ら彼女らのいろいろな表情を見たい！　とまるで一読者のようにそう思ってしまいました。カラー口絵でも迫力を増すために細かく調整を繰り返していただいたとのことで、細部へのこだわりに強いプロ意識を感じました。「神は細部に宿る」という言葉がありますが、まさにそれを体現するかのような仕事ぶりで、自分もこのプロの仕事に負けない作品づくりを心掛けなければと気が引き締まりました。瑞色来夏先生の絵を一枚でも多く見るためにも、シリーズが長く続きますようにと祈っています！

漫画家の今野《いまの》ユウキ先生、ユーキあきら先生。コミック版の情報をこの時点でどこまで話していいのかわからないのでふわっとした表現になってしまいますが、すでに拝見しているネームが超絶素晴らしいものばかりで、今から連載をすごく楽しみにしています。大迫力のバトル、可愛らしいヒロインたち。きっと読者の心を一発でググっとつかむこと間違いなしと確信しております。本当に本当にありがとうございます！

担当編集のTさん。いつも丁寧《ていねい》に作品を読み解き、的確な指摘をくださり、とても助かっています！　毎度キャラクターへの愛情を感じるコメントに癒《い》やされつつ、この熱意に応えられるように頑張ろうとモチベーションを上げています。今後ともどうぞよろしくお願いいたします。

又、出版に際してご尽力いただいたすべての関係者の皆様。一つの作品が世に送り出されるまでには大勢の人が関わっていることを常に意識しております。皆様のおかげで無事に本が出版できること、本当に感謝です。

そして最後に、読者の皆様。この本を手に取ってくださったすべての方に感謝を伝えます。本当に本当にありがとう。

地味なおじさんと癖《くせ》のある姪っ子の物語、私はまだまだ続けていきたいです。それには多くの応援の声が必要です。どうか末永く応援してくれたら嬉しいです。

以上、三河ごーすとでした。

俺の名前は佐藤蛍太
41歳独身
営業部
出版社勤務のごく平凡なサラリーマンだ
はいこちら冒険書房営業部
はぁ!? イベントの予定が急遽キャンセル!?
地味なおじさんがアフター5に豹変!?
あっ
おかえりー
甘原光莉さん16歳
無性に体を動かしたい気分になりまして
もう遅いので光莉さんは寝るように
可愛い姪っ子は「おじさんラブ」!?
おじさんへのラブ♡
こめてるからね?
実は地味なおじさん、英雄でした。
~自覚がないまま無双してたら、姪のダンジョン配信で晒されてたようです~
ネーム構成:ユーキあきら　漫画:今野ユウキ

この作品の感想をお寄せください。

あて先　〒101-8050　東京都千代田区一ツ橋2-5-10
集英社　ダッシュエックス文庫編集部　気付
三河ごーすと先生　瑞色来夏先生

ダッシュエックス文庫

地味なおじさん、実は英雄でした。
～自覚がないまま無双してたら、姪のダンジョン配信で晒されてたようです～

三河ごーすと

2024年6月30日　第1刷発行
2024年7月29日　第2刷発行

★定価はカバーに表示してあります

発行者　瓶子吉久
発行所　株式会社　集英社
〒101−8050　東京都千代田区一ツ橋2−5−10
03(3230)6229(編集)
03(3230)6393(販売／書店専用)　03(3230)6080(読者係)
印刷所　大日本印刷株式会社

ISBN978-4-08-631554-8 C0193